劔岳《つるぎだけ》　殺人山行

梓　林太郎

Azusa Rintaro

文芸社文庫

目次

一章　拾われたザック　7
二章　死者の背景　45
三章　現場踏査　80
四章　ジュンの部屋　118
五章　単独生還　157
六章　夜のバンコク　191
七章　愛と復讐　230
八章　八メートルの仕掛け　267

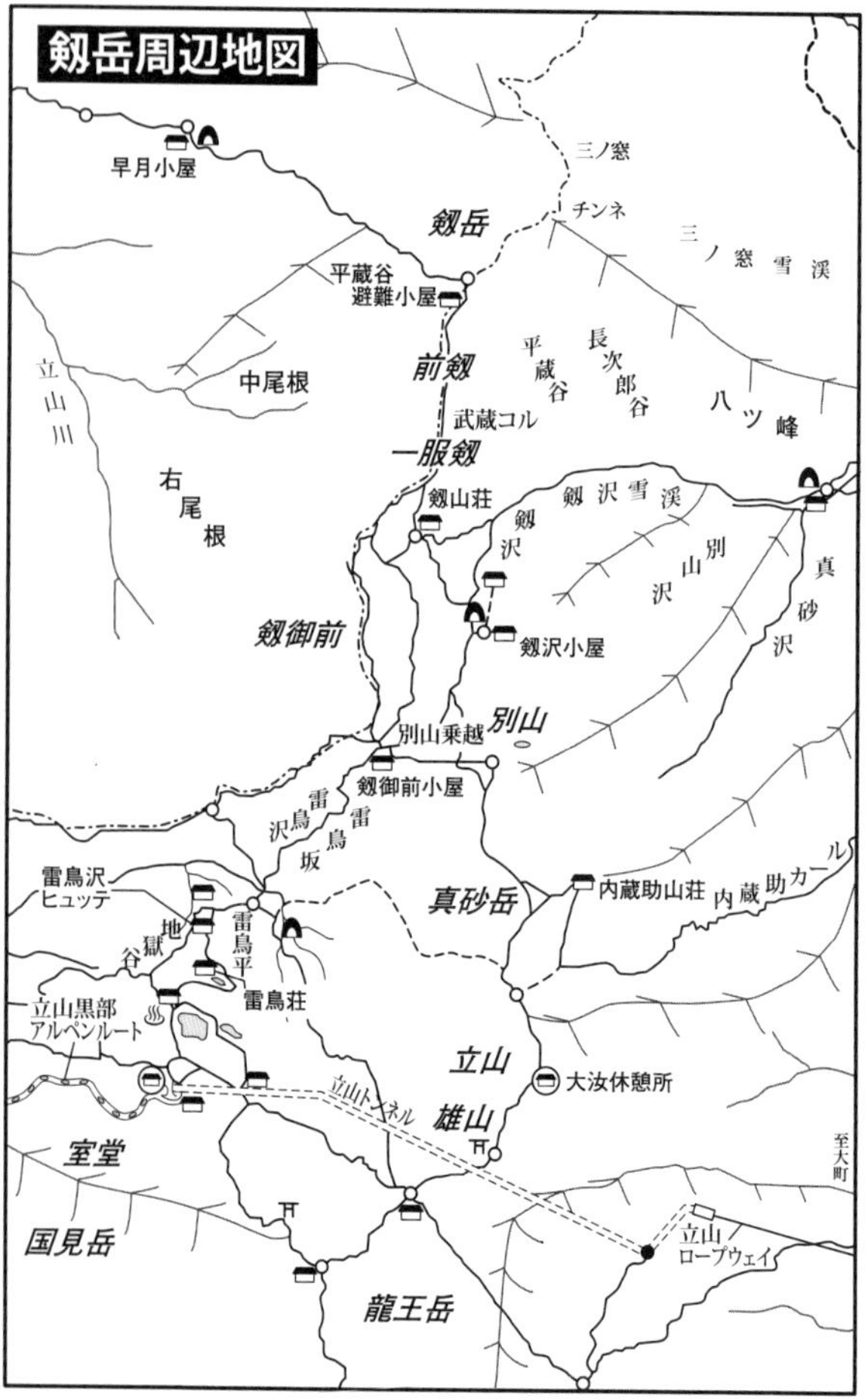
剱岳周辺地図
早月小屋
三ノ窓
チンネ
剱岳
三ノ窓雪渓
平蔵谷
避難小屋
前剱
平蔵谷
長次郎谷
中尾根
立山川
武蔵コル
八ツ峰
一服剱
右尾根
剱山荘
剱沢雪渓
剱沢
別山沢
真砂沢
剱御前
剱沢小屋
別山乗越
別山
剱御前小屋
雷鳥沢
雷鳥坂
雷鳥沢
ヒュッテ
地獄谷
雷鳥平
真砂岳
内蔵助山荘
内蔵助カール
雷鳥荘
立山黒部
アルペンルート
立山
大汝休憩所
立山トンネル
雄山
室堂
至大町
国見岳
立山
ロープウェイ
龍王岳

剱岳《つるぎだけ》　殺人山行

――日本語を話せなかったわたしは、初めに、「会いたい」「声だけでもききたい」「恋しい」と、彼に愛を伝える言葉を覚えました――

一章　拾われたザック

1

五月中旬——

長野県の北《きた》アルプス南部山岳遭難救助隊と富山県山岳警備隊は、それぞれ十人の隊員を出し合い、剱岳《つるぎだけ》で遭難救助訓練を始めることになった。初日、合同訓練に参加する二十人は、一服剱《いっぷくつるぎ》の下方、標高二五五〇メートルに建つ剱山荘《けんざんそう》に荷を下ろした。

剱岳は、富山県中新川《なかにいかわ》郡上市町《かみいちまち》と立山町《たてやままち》との境にあって、標高二九九八メートル。北アルプス北部に位置し、南の穂高岳《ほたかだけ》とともに、わが国アルピニズム揺籃《ようらん》の地となった屈指の名峰である。

深田久弥《ふかだきゅうや》は『日本百名山』の「剱岳」で、こう書きだしている。

〔北アルプスの南の重鎮を穂高とすれば、北の俊英は剱岳であろう。層々たる岩に鎧《よろ》われて、その豪宕《ごうとう》、峻烈、高邁の風格は、この両巨峰に相通じるものがある。大学山岳部が有能な後継者を育てるための夏期合宿、精鋭を誇るクライマーのクラブが困難なルートを求めて氷雪に挑む道場を、大ていはこの穂高か劔に選ぶのも故あるかなである」

劔岳は、北陸《ほくりく》本線の車窓からも眺められ、無雪期は黒い岩の塊りとなって天を衝《つ》いている。冬は、日本海から吹きつける烈風が大岩壁に雪を貼りつけ、白魔の領域に変貌させるのだ。この山は氷河遺跡の宝庫であり、日本有数の岩の殿堂として、多くのクライマーを魅了してきている。

交通が至使になったため、夏の最盛期は登山者が列をなすところもある。最もポピュラーなルートは、ＪＲ大糸《おおいと》線信濃大町《しなのおおまち》駅からバスとトロリーバスを乗り継いで室堂《むろどう》に着く。立山《たてやま》登山の基地である。夏場は乗り継ぎ地点で一時間も待たされることが、しばしばだ。

第一日は、健脚なら劔沢《つるぎさわ》まで入れるが、たいていの人は立山の雄姿を眺めながら登り、雷鳥沢《らいちょうざわ》で泊まることになる。第二日は、雷鳥沢のキャンプ場を抜け、浄心川《じょうしんがわ》を渡って、雷鳥沢の登りにかかる。右に立山、後ろに大日岳《だいにちだけ》を望みながらの急登だ。別山乗越《べっさんのっこし》から左へ、劔御前《つるぎごぜん》の山腹にある雪渓を横切って登り、劔山荘に着く。第三日、ご来光を拝む人は、一服劔が最高のポイントということで、午前四時には山小屋を発つ。

夏場の登山者は、山小屋に不要な荷物を置き、デイパックに弁当を入れて出発する。

一服劒に着くと、前方に前劒《まえつるぎ》がそびえ立って見える。前劒に立つと、目的の劒山頂が眼前に迫っている。ここからが本格的な岩尾根の登りで、ところどころにクサリ場がある。ときには登山者が列をなす地点だ。最初のクサリ場を伝って、「門《もん》」と呼ばれているコルへ下り、平蔵谷《へいぞうたん》上部の岩稜に出、二番目のクサリ場を越えると、無人の避難小屋のある平蔵のコルに着く。次のクサリ場が最難関のカニのタテバイと呼ばれている危険な岩場である。救助隊の合同訓練があすから行なわれるのがここである。

二十人の救助隊員は、装備や器具の点検を終え、ストーブの燃えている喫茶室のテーブルに向かい合った。

山小屋の主人が、「ご苦労さまでした」といって、コーヒーカウンターに食器を並べた。

「あしたも天気がよさそうです」

主人は隊員に笑顔を向けた。

長野県の隊員の中に紫門一鬼《しもんいっき》が入っていた。今回の訓練で、警察官でないのは、彼だけだ。

紫門は青森市の出身で、三十三歳。東京の私立の名門、教都《きょうと》大学を卒業して、大手機械メーカーに就職し、七年間勤務したが、長野県警の山岳遭難救助隊員募集を知って応募し、採用された。夏山シーズンの七、八月は、穂高に囲まれた涸沢《からさわ》に登山指導や警備をかねた常駐隊員として勤務するが、その他は、松本《まつもと》市内に借りているアパートに住み、アルバイトをして収入を得ている。

遭難が発生すると、彼のところに出動要請の緊急連絡が入る。彼はそれに応えて飛び出すのだ。だからアルバイト先に事情を話し、雇い主の了解をとってある。

剱山荘の喫茶室にコーヒーの香ばしい匂いがただよいはじめたころ、あす、剱岳に登る計画の登山者が、二人、三人と入ってきた。彼らは二十人の陽焼けした屈強な男たちを見て、目を瞠《みは》った。剱山荘の収容能力は二百五十人だが、雪解けのこの時季に宿泊客で混雑することはまずないのである。

主人は団体客を見て足をとめた一般の登山者に向かって、警察の救助隊員だと説明した。

「また遭難があったんですか？」

喫茶室へ入りかけた一般宿泊者の一人がきいた。

主人は、救助訓練の人たちだといった。

剱岳では一週間前に転落事故があった。転落して死亡したのは、東京に住む四十五歳の男性だった。その人は二人連れでやってきて、死亡する前の晩、この山小屋に泊まっていた。

その人の遺体収容に当たった富山県警の隊員のうち二人が、今回の訓練に参加している。

一般の宿泊者が喫茶室を出ていくと、主人は救助隊員に、「ちょっと気になることを思い出しました」といった。

二十人は椅子をずらせて主人を取り囲んだ。

「この前、カニのタテバイで転落した江崎有二《えざきゆうじ》さんは、安達圭介《あだちけいすけ》さんという人と前の日にうちの小屋に泊まりました」

主人は、自分のコーヒーカップを引き寄せた。

「前の日の午後、二人がここへ着いて、コーヒーを注文したときでした。若い三人パーティーが、剱沢雪渓でザックを拾って届けたんです。そのザックは、上市署へ届けておきましたがね」

「ザックを失くしたら、大ごとだ。岩場で落としたんだろうが、持ち主はここへこなかったんですか？」

今回の訓練の指揮官である富山県警の長谷川《はせがわ》がいった。

「持ち主はここへはやってきません」

主人が答えた。

「失くした人は、上市署へ連絡して、ザックを受け取ったのかな?」

長谷川はタバコに火をつけた。

「気になることというのはですね、三人パーティーがザックを提《さ》げてここへ入ってきたとき、転落して亡くなった江崎さんと安達さんが、ここでコーヒーを飲んでいましてね、そのザックを見たとたんに、江崎さんが、『君の古いザックに似ているじゃないか』と安達さんにいいました。安達さんは、『おれのじゃないよ』といいましたが、なんだかオロオロしているようだったのを、あとになって思い出したんです」

「ザックなんか似ているのがいくらでもある。似ているといわれて、オロオロするというのはどうしてかな?」

「それが分かりません」

「江崎さんは安達さんに、『君の古いザック』といったんですね?」

「たしかにそういいました。私はそれをよく覚えています」

「古いザックということは、安達さんは以前に使っていたザックを、紛失でもしたのかな?」

「そんなふうにも受け取れますね」

「この前の登山で安達さんが背負っていたザックは、どんなのでしたか?」

「たしか新しかったです。色は赤だったと思います」

「江崎さんと安達さんは、ここへ何回も泊まったことがありますか?」

「私には記憶がありません」

「残雪の剱に登るくらいだから、二人は登山経験を積んでいたんでしょうね」

「山には慣れている感じでした」

三人パーティーが拾って届けたザックは、荷上げのヘリコプターに積み、上市署へ届けてもらった。上市署からはザックを受け取ったという電話があったという。

「登山者が拾ったザックを、開けてみましたか?」

長谷川がきいた。

「拾ってきた三人に立ち会ってもらって、中身を見ました。持ち主が分かる物が入っているんじゃないかと思いましたから」

ザックはかなり年数のたっている物で、色はブルー。中身は、ザイルと着替えのシャツとセーターと下着類。それから副食品で、持ち主が分かるような物は入っていなかった。

「私が見たところ、そのザックは最近失くしたのでなくて、かなり日数がたっている感じでした。シャツやセーターには水がしみ込み、それが凍っていました。長いあいだ、雪に埋まっていたからじゃないでしょうか」

「すると、今年になって紛失したのではないということですか?」

「少なくとも去年の雪がくる前に失くし、雪の中で冬を越したような気がしました」

長谷川は首を傾げていたが、電話を借りるといって椅子を立った。上市署へ掛けるのだった。

彼は上市署員と四、五分話して受話器を置いた。

剱沢雪渓で登山パーティーが拾って、剱山荘へ届けたブルーのザックを紛失した人は現われていないし、ザックについての問い合わせもないという。

「そのザックは紛失した物ではなくて、それを背負っていた人は、遭難しているんじゃないでしょうか?」

隊員の一人が長谷川にいった。

「その可能性が考えられるね」

長谷川はまた立ち上がり、上市署に、剱岳に登ったまま帰ってこない登山者はいるかと問い合わせた。

そういう届け出は一件もないという回答が返ってきた。

そこで長谷川は、北アルプスのどの山に登ったか分からないが、消息不明になっている人はいないかを、富山、長野両県警本部へ問い合わせした。

長野県警本部に該当する人がいた。それは男性で三十八歳。その人は去年の九月上旬、単独で穂高へ登るといって家を出、出発した日の夜、奥上高地《おくかみこうち》の徳沢園《とくさわえん》から妻に電話したが、それきり消息が分からなくなった。徳沢園のほかに、穂高の山小屋で二泊して帰宅するはずだったが、帰宅予定日になっても連絡がない。そこで家族はその人の勤務先と話し合ったうえ、捜索願いを出した。

長野県警豊科《とよしな》署は、徳沢園に男が残した登山計画書を見、登山コース沿いを四日間捜索したが、その人の痕跡はまったく見当たらなかった。この捜索には紫門一鬼も、今回の訓練に豊科署から参加している及川《おいかわ》も加わっていた。

その後、その男の友人と同僚が捜索したが、結果はやはり同じで、今日にいたっても行方不明のままである。

「その男のザックはオレンジ色でした。妻が豊科署にザックを背負った夫の写真を持ってきましたし、彼と一緒に山に登ったことのある人も、ザックの色はオレンジ色といっていました」

紫門は長谷川にいった。

「そうか。じゃあ、劔沢雪渓で拾われたザックは、徳沢園に泊まったあと消息を絶った登山者の物じゃないな」

そういって長谷川はしばらく考えていたが、あすの救助訓練を変更して、劔沢雪渓の捜索に切り換えると、全員にいい渡した。

2

雪渓には薄陽が当たっていた。快晴だと雪面がギラギラと光って、物が見えにくい。風も弱く捜索には最適といっていい天候だ。

雪渓の真上は、一服剱や前剱の赤黒い色の岩壁である。

持ち主不明のブルーのザックが発見された地点は、きのう剱山荘の主人に聞いていた。剱岳へ登るか、下る人がザックを誤って落としたのだとしたら、それは一服剱あたりの岩場からだろう。あるいは上部の岩場でザックだけを落としたのでなく、登山者がザックを背負ったまま転落し、雪渓に達したとも考えられた。または雪渓を登っていた人が、急病か怪我で倒れて動けなくなり、降雪に埋まったのかもしれない。

二十人の隊員はピッケルを突き、雪面に色の変わった個所を見つけるとスコップで掘ってみた。

昼過ぎだった。ブルーのザックが発見された地点より約一〇〇メートル東で、赤いジャケットを雪から掘り出した。雪面にジャケットの一部が出ていたため、そこを掘ったのである。

そのナイロン製のジャケットは比較的新しかった。前身頃はファスナーで、胸の二カ所と両脇にポケットがついていて、胸の二つのポケットだけが黄色である。東京に本社のある有名スポーツ用品メーカー製の物だった。

それを手に取った長谷川は、

「女性用じゃないかな」

といった。

紫門と及川も赤のジャケットを手に取って見た。

サイズはSである。小柄な人が着用していたと思われるが、色使いからたしかに女性の物という感じがした。

長谷川は四つのポケットに手をいれた。胸のポケットに入っていたのは、淡いブルーの地にピンク色の花を散らした柄《がら》のハンカチだった。これでジャケットは女性が着用していたという印象をいっそう強くした。

腰の位置に当たる両脇のポケットに入っていたのは、紙に包んだキャンディ二個とガム三枚だった。

その付近を入念にさがしたり、雪を掘ってみたりしたが、発見された物はほかになかった。

午後三時半に捜索を打ち切り、剱山荘へ引き上げた。

長谷川は上市署に電話を入れた。雪渓で赤いジャケットを掘り出したことを報告した。

先に発見されたザックは明らかに男性の持ち物だった。したがって、きょう発見したジャケットとは別人の物と判断した。

ジャケットは新しい物だ。冬山には適さないが、防寒衣ではある。雪に埋まっていたことから、登山者が失くしたのは昨年のことにちがいない。着ていたジャケットを脱いだときか、着るためにザックから引き出したとき、風にさらわれて雪渓へ運ばれたのではないか。

上市署は、救助隊にもう一日雪渓付近を捜索するようにと要請した。したがって救助訓練は中止ということになった。

捜索二日目の朝は、夜が明けきっていないように暗かった。見える範囲の山は薄墨色で、山腹より上部は白い幕に隠れていた。昼近くなって空は泣きだし、またたく間に雨足は強くなった。雪面を雨粒がはね、やがて流れはじめた。雨衣を着ているが、きのうとは打って変わって寒かった。隊員の唇は一様に紫色になった。

長谷川は捜索打ち切りのホイッスルを吹いた。

山小屋に着くと、各人に一本ずつカップの日本酒が配られた。

紫門と及川は、それを三口ぐらいで飲み干した。

両県合同訓練の救助隊は、入山四日目、室堂で東西に別れた。紫門らの長野県班は、立山黒部《くろべ》アルペンルートで大町へ帰った。

　紫門と及川は、所属する豊科署で荷物を下ろした。

　ここには長野県警だけでなく、富山、岐阜県警にもその名が知れ渡っている山男の小室《こむろ》主任がいる。北アルプス南部山岳遭難救助隊の現場指導官だ。

　紫門と及川は、小室主任に合同訓練のかわりに剱沢雪渓を捜索したことを報告した。

「遭難者や遺留品の捜索も救助隊の大事な仕事だからな」

　きょうの小室主任は、髭を剃ってこなかったらしい。丸顔の彼は四十歳だが、実際の歳を当てる人は少ない。どう見ても三十代半ばである。

　紫門は私服に着替えると、小室主任の机の前に腰掛けた。

「運動不足みたいな顔をしているじゃないか」

　小室主任は紫門にいった。

「きょうは下ってくるだけでしたから」

　紫門は、剱山荘で主人からきいたザックの話をした。

　剱沢雪渓でブルーの古いザックが登山者によって拾われ、剱山荘に届けられたのは五月十二日のことだった。そこには次の日に剱岳へ登る予定の二人連れの男が、主人にコーヒーを頼んでいた。江崎有二と安達圭介である。登山者が提げてきたザックを見た江崎は同行者の安達に、「君の古いザックに似ているじゃないか」といった。安達は、「おれのじゃないよ」といい、なんとなく落ち着きがなくなったという。

江崎と安達は計画どおり、翌五月十三日に剱岳へ向かった。が、前剱から約一時間、剱岳へ寄った地点で、江崎が平蔵谷側へ転落して姿が消えた。安達は江崎を助けることができず、剱山荘へ引き返した。

山小屋からの急報を受けた富山県警は、ヘリコプターを飛ばして救助隊員を避難現場に降下させた。

江崎は、登山道から約二三メートル下の断崖の中腹にある岩にからんでいたが、すでに死亡していた。たぶん即死状態だったろうという。

小室は紫門の話を、腕組みしてきいていたが、

「登山者が剱沢雪渓で拾ったザックを剱山荘へ届けたとき、そこにいた江崎が安達に向かって『君の古いザックに似ている』といった。それをきいた安達が、『おれのじゃないよ』といったというが、『おれのじゃない』といういい方はおかしくないか?」

といった。

「ぼくが気になったのはそこなんです」

紫門がいうと、及川がうなずいた。

「似ているなとか、似ていないよ、といいそうなものだが、『おれのじゃない』といった。安達は、かつて登山中に、ザックを失くしたことがあったのかな?」

「剱沢雪渓で発見されたザックは、じつは、安達のじゃないでしょうか?」

紫門はこのことを、きょうの帰途ずっと考えていたのである。

「なにっ、安達の物じゃないかって……」

「自分のザックが届けられたんで、安達はオロオロしはじめたんじゃないでしょうか?」

「自分のだったら、そういいそうなものじゃないか?」

「そこが疑問なんです。安達には自分のザックだといえない理由《わけ》があったんじゃないでしょうか?」

「自分のだったが、自分のだといえない理由……。なんだろう?」

小室主任は首を傾《かし》げた。

「たとえば、前に剱に登っているのを、江崎に隠しておいたとか……」

「なぜ?」

「分かりませんが、前に剱に登ったことを、江崎に知られては困る理由があったんじゃないでしょうか」

「もしも、紫門君がいうような秘密が安達にあったとしたら、江崎の転落死が気になってくるな」

「そうなんです」

「紫門君の例の、調べたい虫が騒ぎだしたんじゃないのか?」

小室と及川は顔を見合わせて笑ったが、すぐに真顔になった小室は、江崎の転落を目撃した登山者は何人いるのかときいた。

「同行者の安達だけだったようです」

及川が答えた。剱山荘で一緒に泊まった富山県警の山岳警備隊員からきいた話である。

小室主任は、会議の始まる時刻になったのでといって席を立った。

紫門と及川は帰宅することにした。

紫門は、松本市内のアパートに帰ると、布団を敷いて大の字になった。

「そうだ」

彼は思いついて電話機を引き寄せた。東京にいる恋人の片桐《かたぎり》三也子《みやこ》に下山を報告することになっていたのだ。

三也子は紫門と同時に救助隊に応募して採用され、二年間、夏場の常駐隊員として涸沢に詰めていた経験がある。救助隊員になるまで二人は会ったこともなかった。

彼女は救助隊員になるまで出身大学の事務局に職員として勤務していた。救助隊をやめてからまた大学に戻ったのだが、今度は正職員でなく臨時雇員の待遇である。

彼女は一七〇センチの長身だ。山中で男の隊員にまじって仕事をしていたが、見劣りしなかった。彼女を男と思って声を掛けた登山者は何人もいた。

「お帰りなさい。訓練はどうでしたか？」

彼女は紫門の掛けた電話にいった。

彼は、ひょんなことから訓練が捜索に切り換えられたことを話し、

「気になることがあるんだ。仕事が終わってから電話くれないか」

といって切った。

彼が夕食の支度に取りかかったところへ、三也子からの電話が入った。

彼は、豊科署で小室主任にいったのと同じことを彼女にも話した。

「剱沢雪渓で拾われたザック、安達という人の物という気もするわね」

三也子は紫門と同じように感じたらしかった。拾われたザックが安達の物だったとしたら、彼は江崎に対して重大な隠しごとをしていたのではないかという。

「剱岳山行は、どちらがいいはじめたのかしら？」

彼女はいった。

「そこのところも知りたくなったんだ」

「いま、山の仕事は忙しいの？」

「いや、遭難事故が発生しないかぎり、平穏といったところだ」

「亡くなった江崎という人と、安達という人の間柄が気になるわね」

紫門の調査好きを知っていて彼女はいった。紫門をけしかけているようでもあった。

江崎と安達の仲が険悪だったり、確執があったとしたら、連れ立って山に登ったりはしないだろう。

3

紫門は小室主任に上市署へ電話してもらった。去る五月十二日に劔沢雪渓で登山者に拾われ、劔山荘へ届けられたブルーのザックを紫門に見せてやってくれと頼んだのだった。上市署では紫門が豊科署に所属している山岳救助隊員であることを知っていても、管内の山中での拾得物をなぜ見たいのかと小室にきいたようだ。

小室は、登山中にザックを失くしたのに、なぜそれを引き取りにこないのかに紫門が疑問を持ったのだと伝えた。彼は同時に、紫門がいままでに山岳地での遭難で、遭難のしかたに疑問を抱いて、遭難者の身辺を独自に調べ、じつは他殺だったという証拠をさぐり当てたケースがあることを話した。

上市署では、ほかならぬ小室の要請であったから、紫門がきてくれるならいつでも見せると答えたという。

先方は山岳警備担当の青柳《あおやぎ》主任だった。

小室は、富山県警との合同訓練や、遭難救助に関する事務上の連絡で、青柳とは何回も会ったことがあるという。

　紫門は翌早朝出発し、上市署を訪ねた。青柳は彼の到着を待っていたように笑顔で迎えた。青柳は四十歳見当で細面《ほそおもて》だった。五、六年前までは遭難救助に山に登ったこともあったが、現在は地域課の総務係だった。

「紫門さんのことは、前に小室さんからきいたことがありました」

　青柳はいって紫門を小会議室へ案内すると、拾得物のザックを提げてきた。ザックには、拾われた年月日と場所を書いた札がついていた。

　紫門らはこの前、このザックが拾われた地点を中心に、剱沢雪渓を捜索したのである。ひょっとしたらこのザックの持ち主が、雪に埋まって遭難しているのではないかと思われたからだった。

　その捜索で発見した物は、女性用と思われる赤いジャケットだけだった。そのジャケットは新しい物で、これも上市署が保管しているが、紛失した人からの届け出はないという。

　ザックの色はブルーだが、何年間も使った物らしく褪色し、ところどころにシミがあった。容量は三二リットル程度で、両側にポケットがついていて、雨蓋を二本のベルトで締めるようになっている。日本製である。

「六、七年は使っているでしょうね。底やサイドポケットの傷《いた》み方《かた》からみて、年に何回か山行していた人の物でしょうね」

青柳はいった。

紫門はデジタルカメラで、前面と背面を撮影した。

青柳は自由に点検してくれといった。

紫門は、まず片方のサイドポケットのファスナーを開いた。

手袋。タオル二本。ポケットティッシュ二個。ビニール袋の中に、整腸剤、キズ薬、包帯、絆創膏が入っていた。タオルは二本ともきちんとたたまれていて使われていないようだった。

反対側のポケットの中身は副食品で、フランスパン、ビスケット、紙に包んだキャンディだった。

ベルトをはずした。雨蓋のポケットにはタオルが入っていて、それは少し汚れていた。そのほかはビニール袋二枚。雨に降られても中にしみないように雨蓋に入れていたようだ。

本体の中身のいちばん上は、赤と緑の糸で編んだザイルだった。太さは八ミリ、長さは二〇メートルだ。その下は、ブルーとグレーの毛糸で編んだセーター。その下が黄色と黒のチェックの山シャツ。薄茶色のズボン。マフラー。折りたたみ傘。底に黄色と白のナイロン袋が二つあった。靴下と下着類で、使った物は黄色のほうに入れてあった。

紫門は使った下着の点数を数えた。アンダーシャツ、トランクス、靴下がそれぞれ二着ずつだった。このザックの持ち主はこれを紛失するまでに二泊していたものと思われた。使用していない物もアンダーシャツと靴下は、白の木綿、トランクスは、いずれも淡い縞模様である。男物であることは歴然としている。

「私はこれを見て、若い人ではないと思いましたが、紫門さんはどう見ますか？」

青柳がいった。

「ぼくも同感です」

紫門は、内容物のすべてをテーブルに並べ、真上から撮影した。

「装備品から見て、岩登りではなさそうなのに、なんのためにザイルを入れていたんでしょうね？」

青柳は首を傾げた。

「沢ツメや径《みち》のない山を登降する人は、捨て縄を持っていることがありますが、この人はなぜでしょうね。いつの山行にもザイルを持って登る習慣でもあるんでしょうか？」

「長年の山行経験から、ザイルを持っていると便利なことでもあったんでしょうかね？」

「経験を積めば積むほど、装備を軽くしようと工夫するものですが？」

そういって紫門はザイルを入念に点検した。誰かが捨てた物を拾ってザックに入れていたことが考えられたからだ。ザイルに切り傷などがあった場合、クライマーは絶対にそれを使わない。命綱であるからだ。しかし登攀《とうはん》中に傷つけたからといって、山中に捨てるクライマーはいないような気がする。

そのザイルは比較的新しく、傷は見当たらなかった。

紫門はテーブルに出した物を、丁寧にザックに収めた。

袋に入っているキャンディをしまうとき、はっと気づいたことがあった。

「青柳さん。この前、ぼくらが剱沢雪渓で拾った赤いジャケットを見せていただけませんか」

「ああ、女性用のですね」

青柳はすぐにジャケットを入れたビニール袋を持ってきた。

紫門はサイドポケットに手を入れ、紙に包まれたキャンディ二個とガム三枚を掴み出した。

「あっ」

青柳が声を出した。

ブルーのザックのサイドポケットに入っていたキャンディと、赤いジャケットに入っていたキャンディは同じ物だった。

青柳も他の署員もこのことには気がつかなかったという。

「偶然でしょうか？」

紫門は双方のポケットに入っていたキャンディを見比べた。

袋にはメーカー名が刷ってあった。それは英国製で日本の商社が輸入した物だった。

紫門は商品名と輸入商社名をノートに書き取り、あらためてキャンディを接写した。

「ザックの持ち主とジャケットを着ていた人は同一かもしれませんね」

青柳はいったが、紫門は首を横に振った。

「ザックは内容物から明らかに男の物です。ジャケットは、このサイズとハンカチの柄からいって女性が着ていた物に間違いないと思います」

「それではこのザックの男と、ジャケットの女性は、一緒に山を登っていたことが考えられますね」

「ぼくもそんな気がしました」

「何人で登っていたか知らないが、一人がザックを失くし、一人がジャケットを失くした。その登山者は、剱岳周辺の山小屋へそのことを連絡していないでしょうか？」

青柳は電話番号一覧表を持参して、剱岳周辺の山小屋へ片っ端から問い合わせてみるといって、小会議室を出ていった。

一人残された紫門は、中身を詰めおえたザックと赤いジャケットをにらんでいた。

ザックへは名札や名刺など身元の分かる物を入れている人が多いが、目の前のザックにはそういう物が入っていなかった。それが入っていれば、剱山荘へ届けられた時点で、持ち主と連絡がとれていたはずである。

三十分ほどして青柳が戻ってきた。

「剱岳周辺の六軒の山小屋へ問い合わせましたが、どこの小屋でも、ザックを失くしたといってきた登山者には記憶がないということでした。ですが、去年の十月、剱御前小屋で、ザックが盗まれる事件がありました。山小屋の主人と話しているうちに思い出しました。その被害についてはうちの署が受け付けています」

「山小屋の中でザックが盗まれたんですか?」

「剱御前小屋へ泊まるつもりでやってきた男の人が、山小屋の前へザックを置いて剱岳を撮影していたんです。三十分ぐらいのあいだということですが、山小屋の前へ戻ったらザックがなくなっていた。初めは誰かが山小屋の中にザックを入れてくれたのかと思ったそうです」

「ピッケルとかアイゼンが盗まれたという話はきいたことがありますが、ザックがそっくり盗まれたという例は、ないような気がしますが」

「まずないでしょうね」

「そのザックには特別な物でも入っていたんでしょうか?」

「着替えや雨衣やフィルムだということです」

「盗まれた人は、グループ登山だったんですか？」

「男同士の二人連れだったんです。二人ともザックを山小屋の前へ置いたが、一人のが盗難に遭ったんです」

「ザックを盗《と》られた人はどうしたでしょうか？」

「剱へ登るつもりでやってきたが、山小屋には一泊したけど、登る気がしなくなって、もう一人と一緒に帰ったということです」

「そうでしょうね。まさか山小屋の前へ置いたザックを盗まれるなんて、考えてもみなかったでしょうからね。その日、剱御前小屋ではそのほかには被害はなかったでしょうか？」

「そういう報告は受けていません」

念のために紫門は、ザックを盗まれた人の名と住所をきいて控えた。その人は横浜《よこはま》市港北《こうほく》区に住む三十六歳の会社員だった。

剱御前小屋は、雷鳥平《らいちょうだいら》から雷鳥沢の高度差約五〇〇メートルを登りつめた別山乗越にある。雷鳥沢は、石のゴロゴロしたジグザグの急斜面である。別山乗越は、剱と立山連峰の分岐点で、西側には地獄谷《じごくだに》と弥陀ヶ原《みだがはら》が広がり、正面に剱岳が堂々と立ちはだかっている。ここで夜景を眺める人も少なくない。視程のよい日は、富山市街、富山湾、能登《のと》半島の灯を遠くに眺めることができるのだ。この眺望のよさに惹かれてやってくるカメラマンがかなりいる。

この山小屋に着き、重いザックを放り出して眺望に見とれたり、カメラを構える人はいくらでもいるだろう。だが、そこへ置いたザックが盗難に遭ったことは初めてではなかろうか。

ザックが盗まれたのは、去年の十月六日だったという。

ブルーの古いザックが剱沢近くの登山路から転落したか、捨てられたのは、いつなのか分からない。だが、発見されたときの状態から、雪に埋まっていたのは間違いないという。少なくとも去年、雪が積もる前にザックを紛失した人がいたということになる。五月になって雪が解けはじめ、それの一部が露出していたために登山者の目にとまったのだ。

紫門は、剱沢で拾われたザックと、剱御前小屋の前から消えたザックのかかわりを考えずにはいられなかった。

4

次に紫門は、剱岳へ登る途中で転落死した江崎有二の遭難について詳しくきくことにした。

その遭難の発生は去る五月十三日の朝だった。江崎は前日、同行者の安達圭介とともに剱山荘に宿泊した。

剱山荘の十二日の宿泊者は九人だった。三人、三人、二人、単独の四組である。このうちの二人組が江崎と安達だ。

前日出された十三日の天気予報は、曇り、ところにより一時小雨というものだった。好天だと、ご来光を一服剱で迎えようという人たちは午前四時ごろ、二食分の弁当を山小屋で受け取って出発する。

午前四時、剱山荘周辺は曇っていて、薄霧が張っていた。それでも剱へ向かって、単独の人と、三人パーティーが出発した。

江崎と安達は、一服剱でのご来光を期待しなかったからか、山小屋で五時からの朝食を摂り、六時ごろ出発した。二人の出発を山小屋の従業員が見ていた。

山小屋に残った一組の三人は、天候を気にし、剱登山を諦めて七時過ぎに下山の途についた。

安達が剱山荘へ、「同行者が転落した」といって駆け込んできたのは午前十一時三十分ごろだった。

それをきいた山小屋の主人は、上市署へ遭難発生の緊急連絡を入れた。上市署は正確な遭難地点を安達にきいた。前剱から約一時間剱岳へ向かった地点の登山道から平蔵谷側へ転落したと、彼ははっきりした口調で答えた。剱山荘から約二時間四十分を要する断崖上の登山道である。

当時山小屋には立山からやってきた登山者が六人休んでいた。そのうちの三人は比較的若い人で、江崎の救助に協力するといった。

その三人に、山小屋の従業員一人と安達が加わって遭難現場へ向かった。

霧はすっかり晴れて視界がよくなった。五人が現場に到着する前に、県警のヘリコプターが平蔵谷側の岩場にからんでいる遭難者を発見し、救助隊員を降下させていた。しかし江崎は死亡していた。ザックを背負ったままだった。遺体を収容したヘリに安達も同乗して室堂へ運ばれた。そこで検視が行なわれた。転落したさい岩に全身を打ちつけて即死したものと断定された。

安達は上市署において、江崎が転落したときのもようをこう説明した。

――前剱を過ぎたが、霧は晴れず、剱本峰は見えなかった。剱山荘を出たときから江崎は先頭に立っていた。一服剱も前剱も順調に通過した。前剱を越え、約一時間でクサリ場に着き、そこを二人は三、四メートルの間隔をとって抜けきった。そのときだった。江崎がガクッと膝を折った。安達は声を掛けたが、次の瞬間、江崎は谷側へ倒れるような恰好になって転落した。手を差し延べることもできず、江崎の姿はあっという間に視界から消えてしまった。安達は岩に這いつくばって霧で底の見えない谷に江崎を呼んだ。が、声は返ってこなかった。

しばらくどうしたらよいか分からず、江崎を呼びつづけていたが、剱山荘に救助を求めなくてはならないことに気づき、引き返した。途中で登山者に会うことを祈ったが、誰にも会えなかった。皮肉なことに、山小屋に近づいたころ霧が晴れて、山々が見えはじめた――。


事故処理簿には、現場で江崎の遺体収容に当たった救助隊員の報告書が添付されていた。転落発生地点と遺体の地点に×印がつけられ、その落差は約二三メートルとなっている。岩に打ちつけての即死は必至で、検視医は、「全身打撲の即死」と所見をつけていた。

「江崎という人は、めまいでも起こしたんでしょうか？」

紫門は青柳にきいた。

「それはどうでしょうか。クサリ場を抜けきり、ほっとした。油断じゃないでしょうか」

切り立った岩壁のトラバースでは、三点確保が基本である。クサリや岩のホールドを求めるとき、手と足の計四支点のうち、一つだけを動かしてホールドをさぐり、ほかの三点は固定してバランスを保つのである。

どのホールドも不安定だ。岩に打ちつけられているクサリも動いている。トラバースの距離が長ければ長いほど緊張状態が長くつづくのだ。

したがって、その危険地帯を抜けきったとき、誰もがほっとする。抜けきってしゃがみ込む人さえいる。

北アルプスには同様の難所が何カ所もあるが、難所での転落は案外少ない。慎重に渉《わた》っているからだろう。事故は、難所を過ぎたところで起きている。通り抜けたという安心感と油断が手足の運びを狂わせるようだ。

江崎の場合もクサリ場を通り抜け、ほっと息をついて、気がゆるんだのだろうか。

紫門は江崎の遭難の記録の要点をノートに控えた。

5

豊科署に帰った紫門は、小室主任と及川に上市署で見たブルーのザックとその中身を話した。

「ザックの内容物からは、いつごろ山へ登っていた人の物かということは分からないな」

小室がいった。

「冬山でないことだけはたしかです」

紫門は答えた。

「去年の春でもなさそうだな。春山ならもっと厚手の衣類を持っていると思うんだ」

「ザックの中に、カメラが入っていれば、登山時季も、どの辺を登っていたかの見当もついたと思いますが」

「そのザックの持ち主は、単独行だったような気がする。同行者がいたら、登山コース上にある山小屋へ、ザックを紛失したと届けることをすすめられたと思うんだが」

「ぼくもそう思いました。……たとえば夏の登山者だったとして、ザックを失くした場合、から身で下山できたでしょうか？」

「夏ならべつに困らなかっただろうな。一番の問題は食糧だが、室堂まで下れば食事はできる」

「室堂から大町か富山へ出たのでしょうが、その間、から身です。人目が気になったでしょうね？」

「山に登る人も下る人も、荷物を持っていない人はいないからな」

「から身で、ロープウェイやトロリーバスに乗っていたら、ほかの乗客に妙な目で見られます」

「山岳警備関係者や警察官の目に触れないともかぎらないしな」

小室は宙に目を泳がせながらタバコを吸った。

「ザックを失くした男は、どうして山小屋へ寄らなかったんでしょうね？」

及川がいった。

「そこが気になる。その男には、山小屋へ寄って、ザックを落としてしまったと届けられない事情があったものと考えたくなるな」

小室がいった。

「落としたザックの中には、人に見られて困るような物は入っていません。届けてもよさそうなものですが……」

及川は首をひねった。

「ぼくはこんなふうに想像しました。……ザックを失くした男は、劒御前小屋へザックを失くしたことを届けようとした。ザックを失くしたのですから、緊急避難です。山小屋の前まできたら、そこに他人のザックが二つ置いてあった。それを見たら気が変わって他人のザックの一つを盗み、いかにも自分の荷物のように背負って下山した……」

「なるほど。考えられることだ」

小室は顎を撫《な》でた。きょうの彼は髭をきれいに剃っていた。

「盗まれたザックの中には、たぶん副食品が入っていただろうから、それを食べて空腹を凌《しの》いだかもな」

　空腹を凌ぐこともできたろうし、堂々とザックを背負っていれば他人の目を気にすることもなかった。怖れたのは、ザックの持ち主が追いかけてくることだったろう。室堂ターミナルに着いてすぐにバスに乗れるとはかぎらない。バスを待つ間、から身の男がやってきはしないかと、気を揉《も》んでいたにちがいない。

　次に三人が話題にしたのは、ブルーのザックに入っていた二〇メートルのザイルである。

　一般的には登山道を登降する登山者にザイルは必要ない。岩壁登攀や径のない沢などを歩く場合はこれを携行する。登攀時にパートナーのからだの確保や、懸垂下降のさいに命綱として用いるのだ。海外の高山でルート工作や、荷物を引き上げたりするさいにもこれを使う。山岳遭難救助隊には必携品だ。切り立った岩場などにいる遭難者や荷物を確保したり引き上げるのに用いるからだ。

　まれに、墜落、あるいは雪崩《なだれ》などの危険がともなう場所を歩くとき、アンザイレンといって、パートナー同士がたがいに胴を結び合うこともある。

　ブルーのザックの内容物から判断して、これの持ち主が岩壁を攀《よ》じ登っていたとは考えられない。もしクライマーであったなら、登攀に必要な器具を入れていなければおかしい。

「紫門君がそのザイルを見て、使っていない物なら、ザックの持ち主は、山行のたびにザイルを携行する習慣があったと見るべきかな?」

小室がいった。

上市署の青柳も、ザイルについてはなんのために携行していたのか見当がつかないといっていた。

剱へ登ったら、たとえばチンネ(イタリア東部アルペンの山塊・ドロミテにある岩峰の固有の名称が、剱岳の岩壁に当てられ、チンネの名が定着した。一般には鋭い岩峰のことを指すともいわれているが、わが国でチンネといえば剱岳の三ノ窓《さんのまど》チンネをおいてほかにない)のような岩壁を降下してみたいと思ったのだろうか。

「紫門君は、ブルーのザックとそれの内容物を見て、ザックの持ち主がどんな男かを頭に描いただろうな?」

小室は両肘を机に突いてきいた。

「ズボンの丈から、身長は一七〇から一七五センチぐらいで、わりにスリムな体形。着る物の色や柄からは年齢がはっきりしませんが、ぼくの勘ではそう若い男ではないという気がしました」

「どんな点でそう感じたんだ?」

「下着類を二つのビニール袋に入れ、使用前の物はきちんとたたんでありました。たとえば靴下ですが、一足ずつ重ねて二つ折りにしてありました。こうした点から、几帳面な性格で、若そうな感じがしないんです。プリントができたら見ていただきますが」

体格の見当は重要な手がかりだと小室はいった。

小室がタバコに火をつけたのを見て、ブルーのザックの持ち主には喫煙習慣がない、と紫門はあらためて判断した。

次に江崎有二の遭難だ。紫門はノートのメモを見ながら細かく話した。

「五月十三日の朝の天候が霧だったというのは、間違いないんだな？」

小室はボールペンを持った。高山での天候と遭難は重要な関係がある。

「剱山荘から遭難発生の緊急連絡を受けた上市署は、県警本部に連絡する前、山小屋の主人に現地の天候をきいていますから、間違いありません」

昼前に霧が晴れたのも事実だ。だからヘリが出動できたのである。

「江崎と安達より先に、単独行と三人パーティーが山小屋を出ているな」

「早朝の四時ごろ、相次いで出発しています」

「その二組は、剱へ登ったあと、剱山荘へ引き返さなかったのか？」

「剱山荘への登山計画書では二組とも、早月《はやつき》尾根を下るとなっていたそうです」

「それで早朝出発したんだな。二組の四人が剱山荘へ引き返す計画だったら、あるいは登りの江崎たちを途中で見たかもしれない」

剱岳の登降は危険を避けるためすべて右側通行だ。登りの人たちと、下りの人たちが同じコースをたどることがないようになっている。登りも下りも岩場のトラバースだからである。しかし、登る二人の姿を、下りの四人が稜線上から目にしていないとはかぎらない。

上市署では、江崎の遭難に関する安達の供述を信用しているから、午前四時ごろ出発した二組の四人からは事情をきいていないのだった。安達の説明に不審を抱くような点はなかったということである。

江崎の転落を目撃した者は同行者の安達のみである。こうした場合、犯罪があってはならないとみて、同行者から事故当時のもようを入念にきく。上市署では安達の説明に一点の疑いも持たなかったから、山岳地にありがちな事故死とみて処理しているのである。

紫門がこの事故に関心を持ったきっかけは、剱山荘の主人の話だ。

それは去る五月十二日のことだった。江崎と安達が喫茶室でコーヒーを注文したところへ、三人パーティーが入ってきた。彼らは剱沢雪渓でザックを拾い、それをかついできたのだった。そのザックを目にした江崎が、安達に向かって、「君の古いザックに似ているじゃないか」といった。それを受けて安達は、「おれのじゃないよ」と答えた。

何度思い返しても、この二人の会話には疑問が残る。

それと、剱沢雪渓で拾われたザックの持ち主が現われないのも妙だ。

気になることがもう一件ある。去年の十月六日の午後、剱御前小屋に着いた男の二人連れの一人のザックが失くなった。盗難に遭ったのだ。

紫門が山岳遭難救助隊に入ってまもなくだったが、先輩隊員からこういう話をきいたことがある。

秋の北アルプス山中の沢筋で、雨に遭った登山者のカップルがテントを張っていた。日暮れ近く、から身の男がそのテントへやってきて、ザックを谷に落としてしまったからなにか食わせてくれといった。

カップルは驚いたが、「人に食わせるほど食糧を持っていない」と断わった。飢えと寒さに震えている男は、テント内にあった男のザックを掴むとそれを抱えた。当然だが争いになった。しかし飢えた男の力のほうが勝っていて、ザックを奪うと逃げてしまった。奪われたほうも必死だったが、同行の女性が、「追うのはやめて」と叫んだ。

カップルは登山計画を変更して、次の朝下り、登山路にある山小屋にザックを奪われたことを届け出た。二人は雨に遭ったが、テントを携行していたことと、女性の持っていた食糧で飢えることはなかった。

何日か後、豊科署に、洗ってきちんとたたんだ衣類の詰まったザックが送られてきた。差出人の名はなかったが、手紙が入っていて、雨の山中でテントを張っていたカップルのザックを奪って逃げた者だ、と書いてあった。その男は手紙でカップルに詫びていた。沢筋のテントに出会わなかったら、死んでいただろうとも書いてあったという。

劒御前小屋の前で盗まれたザックは、上掲の場合とは異なっている。もしも持ち物を失った登山者なら、山小屋へ転がり込んで、助けを求めればよかったのだ。山小屋は緊急避難の場所でもある。

二章　死者の背景

1

紫門は横浜市の会社へ中田《なかだ》という男に会いに行った。去年の十月六日、剱御前小屋の前へ置いたザックを盗まれた男である。先に連絡しておいたから中田は紫門の到着を待っていたらしく、衝立《ついたて》の奥にある応接セットへ案内した。

三十六歳の中田はひょろっとした背で、メガネを掛けていた。どこか気弱そうな面相の男である。

彼は同僚の木島《きじま》という男と剱岳へ登るつもりで出掛けたのだという。その木島は、中田に電話で呼ばれてやってきた。

二人は、山岳遭難救助隊と刷られた紫門の名刺を手に取って、珍しそうに見つめた。

「剱岳には前に登ったことがありましたか？」

紫門はきいた。

「二人とも初めてでした」

中田が答えた。

「剱へ登った人にきいたら、夏場は登る人が多いというものですから、十月にしました」

中田と同年配の木島がいった。彼は比較的小柄だった。

「剱御前小屋には何時ごろ着いたんですか?」

「午後三時少し前でした。初め、剱山荘に泊まるか剱御前小屋にするか迷っていましたが、別山乗越からの眺望のよさを人にきいていましたので、剱御前小屋にしたんです」

「着いた日の天候はいかがでしたか?」

「よかったです。富山湾のほうはかすんでいましたが、剱岳はよく見え、感激しました。なにしろ二人とも剱を間近に見たのは初めてでしたから」

中田と木島は、山小屋へ宿泊届けをする時間を惜しんで、小屋の前へザックを置いた。カメラだけ持って剱を撮り、小屋の西側へ回って地獄谷やその先の弥陀ヶ原を見下ろし、夢中でカメラのシャッターを切った。木島はその山行のために新しいカメラを買ったのだった。彼は剱御前小屋の周囲を撮りきり、SDカードを交換したという。

三十分ほどして山小屋の前へ戻ったところ、そこには木島のザックしかなかった。山小屋へ入って中田は従業員に、ザックを中に入れてくれたのかときいた。従業員は首を横に振った。それで盗難に遭ったことに気づき、床にすわり込んでしまったという。

「山小屋の近くで、不審な人を見かけなかったですか？」

紫門は二人にきいた。

「気づきませんでした」

中田が答えた。

「山小屋の付近には人がいましたか？」

「三、四人いました。たしか女性もまじっていました。みんな景色を眺めていました」

「盗られたザックの中には、貴重品を入れていましたか？」

「私にとってはすべて貴重品でした」

「そうですよね」

「中身のほとんどが衣類ですが、悔しいのは道中や室堂で撮ったデジカメのデータです」

中田と木島は山小屋で話し合い、翌日の剱岳山行を断念した。今年はまた二人で、九月下旬か十月初旬に剱へ行くつもりでいるという。

「山で他人のザックを盗むなんて、いったいどういう人間なんでしょうか」

中田はいった。

紫門は首を傾げて見せた。

「山に登る人はかならずザックを背負っています。それなのに他人の物を盗んだら、荷物が二つになる。盗んだ人間は、中身が欲しかったのでなくて、べつの目的があったような気がします」

木島がいった。

紫門は、盗まれたザックの形と色をきいた。

「容量は三五リットル。バンドが中央に一本ついたやつで、ポケットはありません。色は緑です。山で三年間使った物です」

両脇にファスナーがあって、小物をそこから出し入れできるようになっているのだと、中田は説明した。

「中田さんは、帰りはから身だったんですね？」

「木島君がデイパックを持っていたので、それを借り、彼の荷物を少し入れて背負いました。荷物をなにも持っていない登山者なんていませんから」

そのとおりだ。から身では体裁が悪くて、人目が気になってしかたないだろう。

紫門は、去る五月十二日、剱沢雪渓で登山者にザックが拾われて剱山荘に届けられたことは話さなかった。

紫門は三也子に会った。この前、二人が会ったのはゴールデンウィークの五月初めだった。彼女が松本へやってきたのだ。

彼女は上高地から穂高を仰ぎたかったようだが、途中の交通機関の混雑を考え、松本市内から残雪の北アルプスを眺め、一泊して帰った。

二人は渋谷《しぶや》駅の近くにある喫茶店へ入った。この店は二時間くらいいても気を遣うことはない。

紫門は、去年の十月、剱御前小屋の前でザックを盗まれた中田と、同行者の木島からきいたことを話した。

三也子の関心は、盗まれたザックよりも、剱沢雪渓で拾われたブルーのザックにあるのだった。

紫門は、ブルーの古いザックと、その中身を撮った写真を見せた。

「かなり使った物らしいわね」

ザックの写真を手に取って彼女はいった。

「たびたび山に登っていた人の物だろうね」

現在のザックはカラフルになっている。二色の物が多い。写真のザックは、色も形もオーソドックスだ。

「何歳ぐらいの人の物だと思う?」

紫門はザックの中身の写真に目をすえている彼女にきいた。

「そう若い人のじゃないと思うけど」

「いくつぐらいの人だと思う?」

「そうね。三十代後半か四十代といったところじゃないかしら」

「どんなところでそう思った?」

「セーターやシャツやズボンの色とか形ね。これはいずれも値の高い物という感じがするの。シャツは一〇〇パーセントウールで外国製ね。なんというメーカーの物か分からないけど、この柄、山具店で見たことあるような気がするの。ズボンもたぶん外国の物よ。形は古臭いけど」

彼女はそういってから、あとでTスポーツへ行ってきいてみようかといった。Tスポーツは渋谷の道玄坂《どうげんざか》にあって、外国製の高級登山具も扱っている店である。

紫門もザックの中身をじかに見た瞬間、若い人の持ち物ではないと感じた。それが三也子の言葉で確認された気がした。

「まあ、下着をきちんとたたんで袋に入れているのね。このへんも若い人じゃないって感じよ」

二人はコーヒーを飲んで席を立った。

Tスポーツまでは歩いて五、六分だ。

駅前のスクランブル交叉点を渡った。どうしていつもこんなに人が多いかと思うほどの人数が信号の変わるのを待ち、そして一斉に渡るのだった。知っている者同士が歩いていてもはぐれそうな気がする。

Tスポーツの店内はすいていた。地階が山靴の売場で、一階にはザック類が壁に吊られている。グレーやブルーの無地の物がかえって目立つくらいカラフルなザックやデイパックばかりである。

セーターやシャツやズボン売場は二階だった。厚手の毛のシャツもあるが、夏物も並んでいる。

売場を一渡り見てから三也子が、チェックのシャツの写真を店員に見せ、メーカーが分かるかときいた。

「うちでも扱っています」

三十代の男子店員はいった。

「見せていただけますか」

彼女がいった。

店員は先に立ってフロアの奥へ案内した。

写真のシャツはイタリア製だという。

店員はシャツが積んである棚の下の引出しを開けた。その中には茶、赤、緑、黄の縞や、チェックのシャツがたたまれて収まっていた。

「これが同じ品物だと思います」

店員は緑と黄のチェックのシャツを丁寧に出し、ガラスケースの上に置いた。

ブルーのザックの中に入っていたシャツとは配色は違うが柄はまったく同じだった。襟首についているラベルには金色のトナカイが浮いている。ザックに入っていたほうは、何回もクリーニングしたからか、金色が薄くなっていたのを紫門は思い出した。

紫門は裏返しになっている値札をそっと起こした。なんと七万二千円だった。国産の普通の山シャツの約倍の値段である。

三也子は、セーターとズボンの写真を店員に見せた。

「これはうちでは扱っていません」

といってから、よく似ているセーターならあるといい、シャツを元の位置に移して、引出しを閉めた。

店員の見せたセーターはオーストリア製だったが、配色が異なり、淡いブルーの地に木の葉を散らした柄だった。三種類あって、木の葉の色だけが違っていた。六万八千円の値札がついていた。

写真のズボンについては、メーカーもどこで扱っているかも分からないと店員は答えた。

「若い人がこれだけの値段の物を買うとしたら、もっと色の引き立つ物にすると思うの」

その点からも、ブルーのザックの持ち主は若者ではないだろうと三也子はいった。

2

紫門は東京へ出てくるたびに、大学で同級生だった石津《いしづ》の家の離れに泊めてもらう。中野《なかの》区だから比較的便利がよい。彼はここのことを「民宿」と呼んでいる。石津は財務省勤務だ。身長一八〇センチで九〇キロ近い。高校から大学までラグビーをやっていた。紫門は石津を何回か山に誘ったが、興味がないといって応じなかった。石津の父親は大手造船会社の役員だ。母親は紫門が訪ねると喜び、家族同様に扱ってくれる。

「今度はどんな調査なの？」

母親の彰子《あきこ》は、紫門の好奇心の強さと調査好きを知っていて、朝食のときにきいた。

紫門は、剱沢雪渓で登山者が拾って届けたザックの持ち主が、名乗り出ないことだけを話した。彼が食事しているあいだに、

「お前は結構なご身分だよ」

石津はいい、せかせかと巨体を揺すって出勤した。

父親は、「ごゆっくり」といって、黒い鞄を抱えて出ていった。

紫門は彰子の息子になったような顔をして、悠然と朝食を馳走になった。

「ザックを失くした人、なぜ名乗り出ないのか、分かったわ」

彰子は紫門の正面の椅子にすわると、少女のようないい方をした。

「えっ。なぜですか？」

「遭難のふりをしたんじゃないかと思うの」

「遭難したことにして、行方不明になったということですか？」

「そう。死んだことにしたかったの」

「理由はなんでしょうか？」

「中年の男の人らしいといったわね？」

「三十代半ば以上だと思います」

「結婚していて、お子さんもいそうだわね」

「ぼくの勘が当たっていれば」

「家族との生活がわずらわしくなったんじゃないかしら？」

「けしからん男ですね」

「そういう男の人、けっこういそうな気がするわよ」

「石津さんのような方ばかりじゃないんですね？」

「うちの人だって、一度や二度は、家族を棄《す》てて、独りきりで自由に暮らしてみたいって、考えたことあったんじゃないかしら」

「きいたことあるんですか？」

「ないけど……」

彰子は、ポットから紅茶をカップに注いだ。五十七歳だが白い手には皺がなかった。

「ザックを失くした、いや、捨てた人は、家族との生活がわずらわしくなっただけでしょうか？」

「好きな女性が現われたのかしら？」

彼女は紅茶にミルクを注いだ。

彼女は昼間、テレビのサスペンスドラマを観るという。最近観たドラマを思い出しているのではないのか。

彼女の想像をきいていると、この家を午前中に出られなくなりそうだった。紫門は時計を見、人と会う約束の時間が迫ったといって、椅子を立った。

彼は、剱岳で転落死した江崎有二と同行者だった安達圭介の間柄をさぐることにした。

上市署の記録によると、江崎の職業はフリーライターということだ。どんなものをどんな媒体に書いているのかまでは、記録に載っていなかった。住所は新宿《しんじゅく》区高田馬場《たかだのばば》だ。

高田馬場駅を降りると、パチンコ屋からの音楽がやかましく鳴っていた。電柱の上のスピーカーからも商店の宣伝の声が降っている。

住居表示を頼りに川沿いの道を歩いた。橋の欄干の文字を読んで、コンクリートで固められた川が神田川《かんだがわ》だということを知った。

江崎が住んでいたのは川沿いのマンションだった。かなり年数を経ているらしい建物で、薄茶色の壁には黒いシミが浮き出ていた。

マンションの家主は、すぐ近くの古い木造の家だった。屋敷を木塀で囲っていて、マツの枝が道路に伸びていた。

紫門が名刺を出し、江崎のことをききたいというと、五十代の主婦はメガネを掛けて、彼の名刺をじっと見てから、

「江崎さんは、富山県の山で遭難なさったんじゃなかったですか？」

と顔を上げた。紫門の素姓を窺《うかが》う目だった。

彼はこの手の質問を何度となく受けている。富山県の山岳警備隊から、事故後の調査を委嘱されたのだといい、山岳地は両県にまたがっているので、協力し合うことが多いのだと口実を使った。

主婦は納得したらしくて、目つきが柔和《にゅうわ》になった。

江崎はマンションに約六年間住んでいた。彼の妻と二人の子供が現在も居住しているという。男の子は中学生、女の子は小年生。妻は区内の病院に事務職員として勤務していることが分かった。

「江崎さんのお葬式はこの近くのお寺で営まれました。わたしも参りましたが、会葬の方は少なくて、寂しいお葬式でした」

主婦は黒光りした廊下の上がり口に膝を突いて話した。

「江崎さんの職業は、フリーライターとなっていましたが、どんなものを書いていたか、ご存じですか？」

「江崎さんから、ご自分のお書きになっているものが載っている雑誌を何度もいただきました。奥さんからもいただいたことがあります。お見せしましょう」

主婦は奥へ消えると、雑誌を持って戻った。

それは、新聞社が発行した特集号の雑誌、定期刊行の婦人雑誌、有名な山岳雑誌だった。

新聞社の雑誌は、日本の美しい風景を訪ねる特集で、江崎は「信州・安曇野《あずみの》」を紹介していた。プロカメラマンの撮った梓川《あずさがわ》や、犀川《さいがわ》や、高瀬川《たかせがわ》沿いの風景に、江崎が文章をつけていた。掲載されている写真の約半分に北アルプスの山々が入っている。

婦人雑誌に載っているのは北上川《きたかみがわ》紀行だった。それには③と番号がついているから、他所についても彼は記事を書いたことがあったのだろう。

山岳雑誌では、夏の白馬岳《しろうまだけ》を紹介していた。白馬岳を背景にしたお花畑に咲き乱れる、黄のミヤマキンポウゲ、白いハクサンボウフウ、サンカヨウ、橙のクルマユリの写真があり、大雪渓を行く登山者の列、山頂の山小屋、霧にかすむ杓子岳《しゃくしだけ》と白馬鑓《やり》ケ岳《がたけ》、真夏なのに寒さにジャケットの襟を摘《つま》む山頂の登山者の姿の写真に、練達な文章がついていた。

紫門はたまに山岳雑誌を買って読むが、江崎有二の名に覚えはなかった。

彼は、雑誌の発行元をノートに控えた。

「江崎さんは、どんな方でした？」

彼は主婦にきいた。

「とても気さくな方でした。愛知県のお生まれということです。お若いときから山が好きで登っていらしたようです。ご自分で撮った山の写真をパネルにして、それをいただいたこともありました。いつもにこにこなさっていて、お会いすると、明るい声でご挨拶なさいました。山で遭難されたと伺ったときは、胸が痛くなるほどびっくりいたしました」

そういって主婦は、両手を胸に当てた。

江崎の妻は、口数が少なく、俯き加減に歩くような人だという。

紫門は、山岳雑誌『雪嶺《せつれい》』を発行している出版社の編集部を訪ねることにしたが、その前に電話を掛けた。毎年、夏の最盛期に涸沢へ登ってくる記者がそこにいるのだ。松坂《まつざか》という男だが、涸沢に常駐する山岳遭難救助隊の一夏を取材したいといわれ、紫門は彼に協力したことがあった。そのとき、三也子が常駐していた。松坂は軽装の登山者に服装や装備の指導をする三也子を、カメラで追いかけていたものだった。

「松坂さんたら、あたしがご飯食べてるところまで撮るのよ」

三也子は、彼に閉口していたようだ。

彼の撮った写真は『雪嶺』に何枚も載った。紫門の顔も三也子の姿も名前入りで載った。

「ああ、一鬼さん」

紫門の掛けた電話に松坂はいった。彼は「一鬼さん」のほうが呼びやすいといって、苗字で呼んだことがない。

3

『雪嶺』を発行している出版社は神田神保町《かんだじんぼうちょう》にある。

三階の編集部へ行くと、松坂はくわえタバコで紫門を迎えた。紫門がここを訪ねるのは初めてではない。

江崎有二を知っていたか、と紫門はきいた。

「江崎さん……」

松坂は首を傾げた。

「五月十三日に剱岳で転落死したライターです」

「ああ、思い出しました。うちでは何回か原稿をお願いしたことがあります」

「『雪嶺』に載っていた江崎さんの紀行文を読んだんです」

江崎の身辺を調べているのだと紫門はいい、その理由を話した。

松坂は江崎に何度か会ったことがあるが、彼のことに通じているのは川名《かわな》という編集者だという。

川名は松坂に呼ばれてやってきた。二人とも四十少し前といった歳恰好だ。

「外へ出ましょう」

川名はいった。編集部では原稿を書いたり読んだりしている部員がいる。そこで話をすると耳障りになるからだろう。

喫茶店へは松坂も一緒だった。松坂が紫門のことを川名に詳しく話した。かつて救助隊員だった片桐三也子と紫門が恋人同士であることまで話し、紫門を照れさせた。

「江崎さんとうちとの付き合いは六、七年前からです」

川名が話しはじめた。

江崎が編集部へ原稿の売り込みにきたとき川名が応対した。以来付き合いをつづけていたという。

「新聞で江崎さんの遭難を知って、お葬式に行ってきました。あいにく雨の日でしたが、参列した人が少なくて、ひっそりとしたお葬式でした」

「遭難のときの同行者だった安達圭介という人を、川名さんはご覧になりましたか?」

紫門がきいた。

「きていました。江崎さんと同じ歳ということです。肩を震わせて身を縮めていましたよ。二人登山で一人が死ぬ。残ったほうは身の置きどころがないくらい辛いものでしょうね」

紫門はうなずいた。安達の気持ちが手に取るように分かった。

「江崎さんと安達さんは、古い友人だったんでしょうか?」

「江崎さんの奥さんの話では十年以上の付き合いということで、二人は毎年一緒に山に登っていたそうです」

川名は江崎の経歴を知っていた。

江崎は愛知県蒲郡《がまごおり》市の生まれで、地元の高校を出てから東京の大学に進んだが、中途退学した。中小企業に二年ほど勤めたあと、渋谷の酒場で働くようになった。そのころ、スナックで働く女性と同棲していた。一緒に暮らしていた女性の紹介で、新宿・歌舞伎町《かぶきちょう》のクラブへ移った。十三、四年間、水商売を経験したが、その間にものを書く修業を積み、紀行文を書いてはさまざまな雑誌に持ち込んでいた。登山を始めたのは大学のころからで、南、北、中央アルプスの事情に通じていたことから、彼の紀行文は山岳やアウトドア関係の雑誌に採用されたり、取材を依頼されるようになった。

しかし、雑誌に文章を書くだけでは収入は満たされず、生活は楽でなかったはずだと川名はいう。

「私は江崎さんとよく飲みました。彼は新宿に長くいただけあって、若い女性のいるクラブから小さな飲み屋にいたるまでよく知っていました。夕方、歌舞伎町を一緒に歩いていると、二、三人の男女から声を掛けられていました。最近は風俗関係の雑誌にもよく書いていましたね。山岳雑誌よりも、むしろそっちのほうの注文が増えていたんじゃないでしょうか」

「そういえば一度、歌舞伎町を歩いていて、江崎さんに肩を叩かれたことがあったよ」

松坂がいった。そのとき江崎は松坂に、風俗色の強い店に行くなら案内してもよいといわれたという。

「行ったの？」

川名がきいた。

「次の機会に頼むといって、そのときは行かなかった」

松坂は笑った。

「江崎さんのことをもっと詳しく知る必要があるでしょうから、紫門さんは歌舞伎町の酒場で顔を知られている男にお会いになったらいかがですか？」

「なにをしている人ですか？」

「『キティーズ』というクラブのマネージャーです。江崎さんより二、三歳上だと思います。ずっと前、彼と一緒に勤めていたこともあるといっていました。彼は風俗ものを書くとき、その人からネタを仕入れていたようです」

「キティーズ」のマネージャーの名は小田原《おだわら》で、午後三時ごろには店の事務室に出勤しているという。川名はその店の電話番号をノートに控えていた。

小田原は江崎の葬儀の日、一人でやってきた。川名がそれを見かけて、清めの席へ呼んだが、「私はこれで……」といって帰ったのだが、真っ赤な目をしていたという。

「江崎さんには顔なじみの飲み屋の女性が何人もいたのに、それらしい人はお葬式にきていなかったですね」

川名は、そういう女性が一人でも二人でもきてやってほしかったといいたげだった。

松坂は、剱沢雪渓で拾われたザックと、去年の十月、剱御前小屋の前で盗難に遭ったザックの話を『雪嶺』に載せようか、と川名に持ちかけた。

「拾われたザックと盗まれたザックには、深い関係があったとしたら、これは面白い読みものになるよ」

松坂はそういって、紫門に調査が一段落したらその過程を書いてみないかとすすめた。

紫門は、調査を進めてみた結果、考えてみると曖昧な返事をして立ち上がった。『雪嶺』の編集部を訪ねてよかった。江崎有二という人間の実像に一歩か二歩近づいた気がした。

新宿・歌舞伎町のクラブマネージャーを訪ねるには時間が早かった。

彼は、安達圭介がどんな生活をしているかを、ざっと洗っておくことにした。彼の住所は文京区《ぶんきょう》大塚《おおつか》で、職業は建築設計事務所経営となっている。その事務所は、文京区本郷《ほんごう》にある。

4

安達の住所もマンションだったが、江崎の家族がいまも住んでいるところとは大違いで、赤レンガ造りの八階建てで、わりに新しく見えた。地階がガレージになっており、高級外車が滑り込んでいった。

安達がここへ入居したのは二年前で、一人で住んでいることが分かった。

彼は四十五歳である。結婚したことがないのだろうか。それとも彼には離婚経験でもあるのか。最上階に住んでいる家主にきいたところ、前住所が判明した。

そこは豊島《としま》区要町《かなめちょう》だった。現住所では彼の生活状況を知ることはできなかった。他の入居者とはいっさい付き合いがなく、家賃は銀行振込みだから、家主と顔を合わせることもめったにないからだ。

前住所は住宅街にある一戸建ての家だった。ブロック塀に囲まれ、入口には鉄の扉があった。広くはないが庭もあって、鉄扉のあいだから白とピンク色の花が見えた。安達という表札が出ていた。

彼がなぜマンションを借りているのかが、近所の聞き込みで分かった。

彼には妻と中学生の娘がいて、ブロック塀の家に住んでいる。彼は二年前から妻子と別居中なのだった。その理由は近所の人に知られていない。

ごくたまに安達は乗用車を運転してやってくるが、すぐに帰るという。

妻は池袋《いけぶくろ》のサンシャインシティに本社のあるM商事という会社に勤務している。夫と別居してから勤めはじめたことが知られていた。

安達が登山をすることを知っている人は何人もいた。大型ザックを背負って出掛けることがあったから、人目につきやすかったようだ。

だが、今年の五月中旬、二人で登った剱岳で相棒が転落して死亡したことを知っている人には出会えなかった。新聞に死亡した人の名は載ったが、同行者である彼の名は出なかったからだろう。

聞き込みするうち、安達の体格が分かった。身長は一七四、五センチで、すらりとしているという。

「面長で、切れ長の目をしたハンサムですよ」

近くの花屋の女主人がいった。

以前は妻がよく花を買いにきたが、別居してからは屋内に花を飾る余裕がないのか、めったにこなくなったという。

紫門は、安達が経営しているという建築設計事務所を見ることにした。

そこは地下鉄の駅から四、五分のビルの四階にあった。一階のメールボックスに「安達建築設計事務所」という白い札が入っており、郵便物が配達されたばかりらしく、大きな封筒が入りきれなくてのぞいていた。

四階にはもう一社が入っていることがメールボックスの番号で分かった。ビルの広さから推《お》して、安達が経営している事務所には従業員が何人かいそうだった。

道路の反対側に立って四階の窓を見上げたが、人影は映らなかった。

安達に関しては大した情報が拾えなかったが、上市署の記録にないことを掴んだ。彼が豊島区に一戸建ての住宅を持ちながら、賃貸マンションに一人住まいしていることが分かったのだ。

紫門は、ノートの「安達圭介」の欄にこのことを書きつけた。

歌舞伎町のクラブ「キティーズ」のマネージャー・小田原に電話し、江崎有二のことをききたいが訪ねてよいかときくと、午後七時ごろからは手が放せなくなるから、その前にきてもらいたいと、やや不愛想ないい方をした。

紫門は、小田原がどんな人相の男かを想像しながら地下鉄に乗った。

「キティーズ」は歌舞伎町の最も繁華な場所にあるビルの地階だった。

道路では極端に丈の短いスカートの若い女性が二人、ビラを配っていたが、午後五時前のせいか人通りは少なかった。

小田原はワイシャツに黒いズボン姿で、せまい事務室の椅子にすわっていた。

紫門が出した名刺を立ち上がって受け取った。色白の小柄な男だった。

紫門はここでは、江崎の遭難に疑問を持っていると話した。

小田原は、なぜかと、表情を変えずにきいた。

江崎が剱岳を目前にして転落死した前日、剱山荘に拾ったザックが届けられた。それを見た江崎と安達の会話が気になるのだと話した。

小田原はタバコを指にはさんでくゆらせながら、紫門の右肩あたりに視線をとめてきいていた。細い目が光っている。

「私には山のことは分かりませんが、大勢が登る山の登山道で、ベテランの江崎が、どうして転落なんかしたのか不思議な気がしました。そこは、転落事故がよく起きる場所ですか？」

小田原は光る目を紫門に向けた。

「危険なところではありますが、同様の事故は起きていないと思います」

紫門は、同行者の安達が上市署員に申告した江崎の転落直前のもようを話した。

「つまり、江崎が誤って転落したということですね」

小田原は紫門に対して確認するようないい方をした。

「現場に詳しい警察官が、安達さんの話をきいて、間違いなく事故だと判断したんです」

「安達さんのほかに、江崎の転落の瞬間を見た人はいないんですね？」

「いません。ですから、安達さんの申告を信用するしかなかったんです。山の事故ではそういうことはしばしばあります。たとえば冬山で、雪に閉じ込められたテントに二人しかいなかった。そのうちの一人が疲労と寒さで死亡する例があります。その場合も、目撃者は同行の一人しかいません」

「登山というのは一種の冒険だから、同行者の話が信用されるんですね。……安達さんは、どんな人間ですか？」

「小田原さんはお会いになったことがないんですね？」

「江崎から、建築設計事務所を経営している男だときいていましたが、それ以上のことは知りません。うちの店へ飲みにきたこともありません」

紫門は、安達については、きょう、住所と事務所の所在地を確認しただけだといった。

「江崎は、私と一緒にこの近くのクラブに勤めているころから、ちょくちょく山に登っていました。山で撮ってきた写真をアルバムに整理して、それに細かい字でコメントを書いていました。登山日の天候とか、所要時間とか、道中で見たこととかをです。マメな男だと思っていたら、将来、山行記や紀行文を書いて、それを仕事にしたいといっていました」

「希望がかなって、有名な雑誌にもその文章は採用されていました」

「初めのうちは喜んで、私にも書いたものが載った雑誌を見せにきました。そのうち、いろんな雑誌から注文がきて、忙しくなったといってはいましたが、生活はいっこうに楽にならないようでした。私は知らなかったのですが、毎月、何百枚もの原稿を書かないとやっていけないということでした。いくら有名な雑誌に紀行文が採用されたとしても、たまに書く程度では、生活を支えていくのはむずかしいといっていました。そのせいか、盛り場の風俗の内容を扱う新聞や雑誌にも手を広げ、私のとこへ面白い店を紹介してくれといってはきていました。風俗ものをやるようになってからは、少し楽になったようでした」

「小田原さんを頼りにしていたんですね」

「元は盛り場で食っていた人間ですから、呑み込みはいい。私はヒントを与えてやっただけです。……思い出したことがあります。去年の夏でしたか、江崎はタイの女を紹介したいが、適当な店はないかといってきたことがありました」

「タイの女性……。ホステスなんですね？」

「ええ。写真を持っていましたが、可愛い顔のコでした」

「小田原さんは、その女性を適当な店へ紹介なさったんですね？」

「うちのオーナーは外国人のコを使わないものですから、私の知り合いのママに電話したんです。そのママは、可愛いコならぜひといいました。江崎はその店へ行きましたが、女のコのほうがその店を気に入らなかったようです」

江崎はまた小田原を訪ねてきて、べつの店を紹介してもらいたいといった。小田原は外国人を何人も使っているクラブを紹介した。

「タイのコはそこへも入らなかったんです。なぜなのか理由は分かりませんが、江崎はそうそう私に頼めないと思ったのか、自分でそのコを使いそうな店を回っていたようです。私はずいぶん熱心だなと思いました」

「江崎さんは、なぜタイの女性を斡旋《あっせん》するようなことをしていたんでしょうか」

「誰かに頼まれたといっていましたが、ひょっとすると、自分の女だったんじゃないでしょうか」

「江崎さんの恋人ということですか？」

「しばらく付き合っていたが、わずらわしくなって、手を切りたくなったんじゃないでしょうか。彼は人に頼まれたといい張っていましたけどね。人に頼まれたのだとしたら、彼はそのコをクラブに売り込むことによって、いくらかのマージンを取るつもりだったでしょうね」

「江崎さんは、ほかにも同じようなことをしていたのでしょうか？」

「きいたことがありませんが、やったことがあったかもしれませんね。写真を見るかぎりでは、外国人を使うクラブが欲しがりそうな可愛いコでした。江崎はそのコを、高い値で売りつけようとしたんで、店と折り合いがつかなかったんじゃないでしょうか。それとも女のコのほうに、まとまった金の要る事情があったのかも……」

　小田原は掛かってきた電話を取った。受話器から洩れる声がきこえた。相手は女性だった。

電話を終えると小田原は、タイの女性の売り込みに江崎を紹介した店へ行ってみたらどうかと紫門にいった。そうすれば、江崎と関係のあった女性だったのか、人に頼まれて斡旋しようとしたのかがはっきりするだろうといった。

5

小田原が描いてくれたメモを見て一軒のクラブを訪ねた。ラブホテルの正面にある古いビルの三階の店だった。

黒服のボーイが出てきた。客はまだ入っていないようだった。「お早うございます」といって、黄色い服の若い女性がからだをくねらせて紫門をよけて奥へ入った。ホステスが出勤する時間帯だった。

紫門がママに会いたいというと、ボーイは電話を掛けた。ママは一時間後に、店の近くの喫茶店で会おうといったという。

紫門は三也子に電話してから、小さな中華料理店で食事し、指定された喫茶店へ入った。

ピンク色のスーツの女性が、レジのところで店内を見回した。その人がクラブのママだった。紫門の見当では四十歳前後、豊かな髪を肩に広げていた。

彼女は江崎の遭難死を知らなかった。彼女と江崎は去年の夏、小田原の紹介で初めて顔を合わせたきりという。

江崎は初対面の彼女に、タイの若い女性を使う気はないかと持ちかけたのだった。

「江崎さんとタイの女性は、どういう関係だったのかご存じですか？」

紫門はママの赤い唇を見てきいた。

「そのコをいいクラブで働かせてやってもらいたいと、知り合いの人に頼まれたということでした」

ママは答えた。

「江崎さんは、金銭的な話はしなかったんですか？」

「それはしました。支度金が出せるか、出せるなら斡旋するといってきました」

「さしつかえなかったら、江崎さんの提示した金額を教えていただけませんか？」

「五百万円でどうかといわれました」

「五百万円……」

紫門は驚いた。外国人の女性を斡旋するのにそのぐらいの金額は妥当なのだろうか。

「めちゃくちゃ高いですよ。可愛い顔のコでしたからね。売春をさせる店なら、そのぐらい出すかもしれませんが、うちは普通のクラブです。百万円ぐらいなら、考えてもいいと思いましたけど」

江崎との商談は成立しなかったのだ。

「タイの女性の名前や住所をおききになりましたか?」

「名前はたしか『ジュン』っていいました。江崎さんがつけた愛称じゃないでしょうか。タイの人の名前は長いし、日本人には覚えにくいから、たいてい愛称で呼んでいますよ」

「江崎さんは、その人の売り込みに成功したと思いますか?」

「さあ、どうでしょうか。江崎さんのいい値で引き受けたとしたら、その店は売春をさせているでしょうね。そういう店のバックには暴力団がついています」

「たとえ売春をさせるにしても、五百万円出しても引き受けたくなるような女性でしたか?」

「わたしは写真を見ただけですが、目が大きくてチャーミングで、スタイルもよさそうでした。わたしの知っているタイ人とは違って、西欧系の顔立ちでした。肌は浅黒いでしょうが」

「いくつでしたか?」

「二十一だといっていましたが、十代にしか見えませんでした」

「日本にはいつごろからいるのか、江崎さんからおききになりましたか?」

「言葉の問題がありますのできききました。彼は半年ぐらい前に初めて日本へきたのだといっていました」

「日本語ができたんでしょうか？」

「タイで習って、片言《かたこと》ぐらい話せたが、こっちへきて、日本語学校へ通っているということでした」

江崎が法外な値で売り込まなければ雇いたかった、と彼女はいった。

「本人と江崎さんのあいだに、誰かが入っている可能性も考えられますね？」

「質《たち》のよくない人が中間にいるとうるさいので、それをききましたら、彼は知人からじかに頼まれたが、知人はヤバいことをやっている人間じゃないといっていました」

「なぜ五百万円という高額で売り込もうとしたんでしょうか？」

「彼女のほうに五百万円必要な事情があるということでしたが、ほんとうのことは分かりません」

紫門はママに礼をいって、伝票を摑んだが、彼女は、「うちの店で飲んでいってくれない？」といった。彼はこれから人と会う約束があるのでといって、立ち上がった。

小田原に教えられたもう一軒のクラブを訪ねた。その店は旧新宿コマ劇場の近くのビルにあった。この店でも黒いスーツの男が出てきた。

「キティーズ」の小田原にきいてきたのだがママに会いたいというと、五十の坂にさしかかったと思われるやや肥りぎみのママが出てきた。彼女は薄茶色の地に金色の花をあしらった和服を着ていた。

紫門は名刺を出して、用件をいった。

ここのママも江崎の死亡を知らなかった。

「なんだか、込み入ったお話のようね」

ママはいって、店へ入ってくれといった。

入口近くのボックスに派手な服装の女性が五、六人いた。奥のテーブルに客が二人いるきりで、店内は閑散としていた。

ママはカウンターの隅の椅子を紫門にすすめた。カウンターの中の男が紫門の前へグラスを置くと、ママがビールを持って注いだ。

「かまいませんから、話してください」

ママは紫門を促した。

彼は、江崎が売り込みにきたタイの女性を使ったかときいた。

「わたしは欲しかったですけどね。そのコに働く気がないらしいの」

「どうしてないんでしょう?」

紫門は椅子を回して顔をママに向けた。

「はっきりした理由は分からなかったけど、働きたくないといって、どうしても店へこなかったんです」

「ママは、その女性にお会いになったんですね？」

「江崎さんは高い値をつけて写真を持ってきました。写真ではよく分からないから、本人に直接会いたいっていったんです。そうしたら彼は、女のコの住所を教え、会ってみてくれっていうんです。働きたいんなら店へくるのがふつうなのに、へンだなとは思いました」

ジュンというタイの女性の住所は、新宿区北新宿《きたしんじゅく》のマンションだった。江崎の話をきいた次の日、ママはジュンを訪ねてみた。

「タイやフィリピンの女たちは、古くてせまいアパートの部屋に五人も六人も住んでいるのに、ジュンというコは、わりにきれいなマンションに一人で住んでいましたし、部屋もきれいにしていました」

「彼女をご覧になった印象はいかがでしたか？」

「気に入りました。その日からでも働いてほしいと思ったくらいです。色は浅黒いけど、タイの人とは思えない彫りの深い顔立ちで、一目見てわたしは『可愛い』っていったくらいです。身長は一六〇センチぐらいで、細いからだをしていますが、胴も足も丸い感じがするんです。男の人ならたまらなくなるでしょうね」

「江崎さんはその人を五百万円で売り込むつもりだったようですね？」

「よくご存じね」

「ほかの店のママに伺いましたから」

「そのママは、高くて手が出なかったんですね？」

「そういっていました」

「わたしは、江崎さんが五百万円でどうかっていった理由が分かりました。あのコを見たら、五百万や六百万なら出すというお客さんが、うちの店には二、三人います。自分の愛人にするためにですよ。わたしが男なら、囲いますね」

「よほど気に入られたんですね」

「あれだけの美人というか、可愛いコはめったにいません。一晩二十万っていわれても、あなただって抱きたくなると思いますよ」

　このママのいい方はあからさまだ。

「ジュンという女性は、なぜ働こうとしなかったんでしょうか？」

「日本語がよくできないから、その理由を知ることはできなかったけど、わたしの勘では、あのコは誰かに囲われていて、働く必要がなかったんじゃないでしょうか」

「そういう人を江崎さんは、歌舞伎町の店へ斡旋しようとしたんですか？」

「そこがヘンなんですよ。わたしは江崎さんに、どうしてかってきいたんです。そうしたら彼は、売春をさせられるんじゃないかってビビっているんだっていうんです。

彼女に、そういうことはさせないってよくいってくださいって、わたしは彼にいいました」

「その後、江崎さんはどうしましたか？」

「謝りにきましたよ。あのコはダメだといって」

「ダメといいますと？」

「クラブで働きたくないらしいって。……そういうコを売り込みにくるなんて、あの人もどうかしています。本人とちゃんと話がついていなかったんです、きっと」

ママはジュンに未練があって、再度本人に会いに行ったが、ジュンは首を縦に振らなかったという。

「それでわたしは、こんなふうに想像したんです。江崎さんはジュンを好きになり、手放したくなくなったんじゃないかってね」

「彼が彼女を愛人にしたといわれるんですか？」

「そんな気がしました。それまではほかの男の人の愛人だったんでしょうけどね」

その後、ジュンはどうしていると思うかと紫門はきいた。

「いまも日本にいるとしたら、北新宿のマンションに住んでいるでしょうね」

その住所をきくと、ママは大きめな黒いバッグからノートを出した。

紫門は、やや肉づきのよいママの読む住所と電話番号を控えた。

三章　現場踏査

1

山岳情報誌にときどき紀行文を書いていた江崎有二が、歌舞伎町のクラブにタイ人の女性を斡旋しようとしていたというのは、意外な話だった。

女性はジュンという名だったというが、彼はその女性の斡旋に成功したのだろうか。成功しようがしまいが、これは江崎の裏面である。彼がこういうことをしばしばやっていたのだとしたら、二つの顔を持っていた男ということになる。

紫門はノートを開いているうちに、ジュンの住所をそっとのぞいてみたくなった。

クラブのママの想像が当たっていて、ジュンという女性が江崎の愛人になっていたとしたら、彼女は現在どうしているだろうか。彼に死なれた彼女は、帰国したか、それとも帰国を考えているだろうか。

ジュンは去年の夏まで、新宿区北新宿に住んでいた。クラブのママがいうには、ジュンの住居は意外なことに小ぎれいなマンションだったということだ。意外なことにというのは、彼女は、クラブで働くのを希望する外国人の女性の私生活に関する一定の先入観を持っていて、それが彼女を裏切ったということらしい。

住居表示を追っていくと、そこは車の往来の激しい通りから一〇〇メートルぐらい入った公園の脇だった。付近にマンションは何棟もあったが、クラブのママに教えられたのは、水色と白のタイルを組み合わせた六階建てだった。ジュンはこのマンションの六階に住んでいたという。

一階にメールボックスがあった。そこの六〇六号室には名札が入っていなかった。

紫門はエレベーターで六階へ昇った。六〇六号室の扉の上にも名札はなかった。

ここは新宿の盛り場に比較的近いから、バーやクラブで働いている人も入居していそうだった。六階の通路はひっそりと静まり返っている。彼は左右を窺ってから、六〇六号室の扉に耳を近づけてみた。だが物音はまったくしなかった。

もしかしたらジュンは、江崎に説得され、どこかのクラブで働いているということも考えられる。

彼は地上へ降りた。公園から六階の窓を仰いだ。六〇六号室は左から二番目だ。六階の窓には一カ所灯りがついているだけだった。

彼はノートのメモを見てジュンの部屋へ電話を掛けてみた。もしも本人が応えたら、会って江崎のことをきいてみるのもよい。

クラブのママは二人とも、ジュンのことを可愛い顔の女性だといっていた。江崎に五百万円支払っても彼女を雇い入れたいと思ったというママは、ジュンをこのマンションに訪ねている。ジュンは、それまで見てきたタイの女性とは顔立ちが異なっていて可愛くて、その日からでも店に出てもらいたいと思うほど気に入ったといっていた。

十回ほど呼出し音が鳴ったが、受話器は取り上げられなかった。

ふつう、居住していた部屋を引き払うと、電話番号は使われなくなるか、移転を知らせるコールが鳴るものだ。呼出し音が鳴りつづけていたということは、ジュンは現《い》在《ま》も六〇六号室に住んでいるのではないか。夜いないところをみると、やはりクラブなどで働いているような気がする。

かつてクラブのママが説得しても働こうとしなかった女性が、現在は原色のネオン街にいる。それを想像すると、江崎が彼女を無理矢理そういうところへ売り飛ばしたようで、彼が恨めしく思われた。

紫門は公園を斜めに抜けた。木陰から出てきた犬が彼を見て走り去った。

ポケットの中で携帯電話が鳴った。三也子かと思ったが、次の瞬間、不吉な予感がした。

「調査に熱中していることだと思うが、今夜じゅうになんとかして帰ってきてくれないか」

遭難発生による非常招集だ。病気以外、駆けつけられるところにいるかぎり出動に参加する使命がある。

穂高で雪崩が発生し、下山中のパーティーが巻き込まれたのだという。連絡が夜になったのは、雪崩に呑まれたパーティーの一人が、命からがら脱出して、横尾《よこお》山荘へたどり着いたのだと、小室はいった。天候がよければヘリが出動するが、予報だと二、三日は視界が悪そうだ。それで地上から現地に向かうことにしたという。

午後十時四十分を過ぎていた。十一時二十分新宿発の南小谷《みなみおたり》行きの急行に間に合う。豊科着は明朝の四時二十四分だ。これに乗ると、救助隊員が豊科署に集合するころに到着できるだろう。

自宅にいる三也子に電話した。歩きながら、署に戻ることを話した。彼女は、「頑張ってね」といった。石津家にも電話した。彰子が出て、「どうしても行かなくてはいけないの？」といった。「どうしても行かなくてはならないんです」というと、「気をつけてね。積もった雪の中を登るんでしょ。大丈夫かしら」といった。彼女のほうが恋人のようだった。

列車に空席のあることを祈ったが、自由席はわりにすいていた。カップの日本酒を一本飲んで目を瞑《つむ》った。いつもはどこでもすぐに眠れる自信があったが、今夜はなぜだか寝つけなかった。大月《おおつき》を過ぎた。とうに日付は変わっている。

夕方から夜にかけて、新宿のクラブの小田原と二人のママにきいたジュンというタイの女性の姿が頭から去らなかった。写真も見ていないし、会ったこともない人なのに、目の大きい、彫りの深い浅黒い肌の女性の顔が大写しになった。その人が、雪の中から手を出して、紫門に向かってさかんに助けを求めている。叫ぶようになにかいっているのだが、彼の耳には声も言葉もきこえなかった。

彼は、夢ではないかと思ったが、目を開けると、暗黒の窓をときどき赤い灯がよぎった。

いつの間にか眠っていた。周りのざわめきで目を覚ました。松本で降りる人たちが身支度をしていた。

「ゆうべ、東京にいたっていうじゃないか。よく間に合ったな」

豊科署で着替えしていると、隊員の一人がいった。

小室主任がやってきて、紫門の肩を叩いた。非常招集に応じられるから紫門は救助隊員として務めていられるのだった。彼が、自分の好奇心からやっている調査に熱中して救助活動に参加しなかったら、小室たち警察官は、紫門の調査に協力しなくなるだろう。

何時になっても夜が明けきらないような朝だった。救助隊員を乗せた二台のワゴン車は、霧の上高地を梓川に沿って登った。凹凸の激しい道の両側の森林には雪が積もっている。

徳沢の先で二組の登山パーティーに会った。穂高か槍《やり》へ向かう人たちらしい。彼らは霧の中に車の音をきいてなにごとかと思ったことだろう。上高地より先へは特別な車両しか入れないのだ。

横尾で車を降りた。山荘の主人が駆け出してきた。きのうの午後、南岳《みなみだけ》から本谷《ほんだに》に向かって下っていた五人パーティーのうち四人が雪崩に埋まった。雪の中から一人が這い出し、夜八時半、横尾山荘にたどり着いて救助を求めた。雪に埋まった四人がどうなっているか不明という。

「ここへ着いた一人はどうしました？」

小室主任がきいた。

「部屋で寝ています」

「怪我は？」

「手と顔に凍傷を負っています。手当てをしましたが」

宿泊者の何人かが昨夜のうちこの雪崩事故をきき、けさ六時に七人が救助に現地へ向かって出発したという。

小室は、部屋で寝ている遭難パーティーの一人に会った。二十四歳の痩せた男だった。薬を塗った顔はテカテカ光っていた。

「メンバーは全員男か？」

「男です」

布団を首まで引き上げて痩せた男は答えた。

「四人の登山経験は？」

「全員、穂高へは何回か登っています」

「積雪期の経験は？」

「二人が春山に登ったことがあります」

「あんたは？」

「初めてでした」

「起きられないのかね？」

「手と顔が痛いんです」

「ほかに怪我は？」

「していないと思います」

「メンバーの救助に、ここへ泊まっていた人たちが向かっているんだ。その程度の怪我なら、一緒に登るのがふつうじゃないか」

「ゆうべ、一人で下ってきて、すごく疲れているんです」

「メンバーの四人がどうなっているか、心配じゃないのか？」

「心配です」

「私たちと一緒に現地へ登る気はないのかね？」

「登れないと思います」

「だらしのないやつだ」

小室は吐き捨てるようにいった。

雪に埋まった四人の男たちの年齢は、三十五から二十五だという。

本谷から先は雪が深かった。谷あいに霧は停滞していた。雪面に、救助に向かった人たちの足跡が残っていた。

昼近くに現場に着いた。雪崩の規模はそう大きくはなかった。先に着いた七人が雪を掘っていた。

シートの上に寝袋が二つ、芋虫のように横たわっている。雪崩に巻き込まれた四人のうちの二人で、その二人はきのうのうちに雪の中から這い出し、夜明けを待っていたのだという。二人とも手や足を骨折しているらしく、動けないが、生命に別条はなさそうだった。

二人をスノーボードに乗せた。怪我人一人に、四人ずつがついて、横尾へ搬送するのだ。

夕方までに残る二人を雪の中から掘り出すことができたが、すでに死亡していた。

死亡した二人をスノーボードに乗せ、横尾へ引き下ろした。日はとっぷり暮れ、闇の中に川音が響いているだけだった。星の見えない空の下に二人の遺体を並べ、救助隊員と救助に協力した一般の登山者が合掌した。五月下旬だというのに、冬が訪れたような冷たい風が吹いていた。

山荘の部屋で寝ていた軟弱な男は、昼間下ろされた二人の怪我人とともに、松本市内の病院へ運ばれたという。

救助隊員は横尾山荘に一泊し、翌朝、検視に立ち会ったあと、遺体とともに下山した。

上高地に遭難者の家族や関係者が待っていた。

紫門は救助隊員になって、遭難者と家族の対面場面を何度見てきたか。変わりはてたわが子に抱きつく母親もいるし、涙を流したまま立ちつくす父親もいる。たいていの隊員は、少し離れたところから、唇を噛んで対面を見ているのである。

2

紫門は松本市内のアパートへ帰ると、三也子に電話した。

「お疲れさまでした」

彼女はいったが、若者が二人、雪に埋まって死亡したのをきいて、しばらく黙っていた。かつて彼女も、山で命を落とした人を何回か目にしてきたのだった。

深く息をついてから彼女は気を取り直したように、久しぶりに剱岳に登ってみたいといった。彼女は、紫門が調査を始めた剱沢雪渓で拾われたブルーのザックの持ち主と、剱御前小屋の前で盗まれたザックの行方に強い関心を抱いている。

それと、登山のベテランだった江崎有二が、剱岳を目前にして転落死したことについても、いささか疑問を持っているのだ。

「登ろうか」

紫門はいった。

「いくつかの疑問を生んだ場所に、二人で立ってみましょうよ」

彼女は、「二人で」というところに力を込めたようだった。

山行日程は決まった。彼女は五月三十一日、新宿八時発の南小谷行き特急でやってくる。その列車に紫門は松本から乗って、信濃大町まで行くことにした。

「好天であってほしいね」

紫門はいった。

「あさってからの三日間、天気はいいらしいわ」

「もう調べてあったのか」

「いま、新聞で週間予報を見ているの」

彼女の声は弾んでいた。


天気予報は当たっていた。出発当日はよく晴れ、松本から常念岳《じょうねんだけ》がよく見えた。松本から乗る紫門を、三也子はデッキに立って待っていた。

「あら、ザックを新調したのね」

彼の赤と緑のコンビのザックを見て彼女はいった。彼はプライベートの山行に使うザックをこの春、松本市内のスポーツ用品店で買ったのだった。前に使っていたのは紺一色だった。あちこちがすり切れ、剱沢雪渓で拾われたザックよりも、もっと傷《いた》んでいた。

「今度のは、軽くて背負いやすい」

彼はザックを軽く叩いた。

三也子のザックは黄と黒のコンビである。サイドポケットの縁が黒で、派手な感じがする。山中で最も目立つのは黄色だ。

信濃大町からのバスは混んでいた。扇沢《おうぎさわ》で十人ぐらいが降りた。全員大型ザックを背負っていた。爺ケ岳《じいがたけ》か針ノ木岳《はりのきだけ》などへ登る人たちのようだった。

バスの乗客の半数は黒部ダムを見学する人たちのようだった。室堂には相変わらず観光客や登山者が大勢いた。

松本平《まつもとだいら》の好天は嘘のようで、立山の空は濃い灰色をしていた。風も冷たく雪でも舞いそうな天候だ。

いつものことだが、山径《やまみち》にかかると、紫門も三也子も口数が少なくなる。救助隊に入って、最初に彼女と涸沢へ登ったとき、本谷から先で彼女は一言も喋らなかった。一本立てても周囲の山を眺めているだけで、誰とも口を利かなかった。それを見て同行の小室は、「変わり者なんじゃないか」と、低い声でいったものである。

雷鳥沢の河原を登り、右に立山の稜線と後ろに大日連峰を眺めながら、汗を拭き拭き急坂を登った。

一時間四十分ぐらいで剱御前小屋のある別山乗越に登り着いた。標高二七四〇メートル地点である。

ここにいる人たちは厚いセーターか羽毛入りのジャケットを着ていた。夕暮れ間近で、風はいちだんと冷たさを増した。

「順調だった。相変わらず健脚だ」

紫門は三也子をほめた。

「現役の救助隊員と一緒だから、いささか緊張したわ」

彼女はやっと笑顔を見せた。

彼女が剱岳に登るのは四年ぶり三回目だという。

「去年の十月六日、ザックが盗まれたのはここなのね」

彼女は剱御前小屋の前に立っていった。

紫門と彼女は、山小屋の前へザックを並べて置いた。山小屋の前にザックが置いてあるのは珍しいことではない。むしろよく目にする風景だ。パーティー登山の人たちが休むときも、荷物を道端に無雑作に置いている。それの一つが失くなったという話を、紫門はきいたことがない。

彼は山小屋の前に二つ並べて置いたザックを、カメラに収めた。

灰色の空の下を、それよりも色の薄い雲が西へ流れていた。天気が崩れる前兆でなければよいがと思った。

剱御前小屋には二百人が泊まれるが、まだ残雪が深いからか、今夜の宿泊者は三十人ぐらいだった。

夕食のあと、主人の手のすくのを待って、紫門と三也子は去年の十月、盗難に遭ったザックの話をきくことにした。

「三、四年前でしたが、ピッケルが失くなって大騒ぎになったことがありましたが、ザックが持ち去られたのは初めてです。小屋の中へ置いてくれれば盗難になんか遭わなかったでしょうがね」

「ピッケルが失くなったのは、春ですか、秋ですか？」

　紫門がきいた。

「春山です」

「積雪期の山でピッケルが失くなったら、生命にかかわりますね」

「盗まれた人は剱から下ってきてここへ泊まったんですが、登りだったら、取りやめたでしょうね」

「ピッケルを持たずにやってきた登山者が盗んだのでしょうか？」

「いいピッケルだったので、欲しくなったんだと思います」

「盗られたのは、珍しい物だったんですね？」

「フランス製の旧《ふる》いタイプです。それを持っていた人は長年大事に使っていたんです」

「マニアに狙われたんですね？」

「価値の分かる人間でしょうね。ピッケルはアクセサリーでなく、生命を守る道具です。それを知っていて持っていくなんて、山に登る人とは思えません」

「ザックについても同じことがいえますね。山で使う物がいっさい入っているんですから」

「まったくです」

ザックを持ち去った人間については見当もついていないと主人はいった。

「さっきの、ピッケルを盗まれたというお話ですが、ピッケルを二本持って歩いていたら、ヘンに思われますね」

三也子がいった。

「かつて欲しいと思っていたピッケルが山小屋に置いてあったので、むしょうに欲しくなった。それで盗み、自分のピッケルはどこかへ捨てたような気がします。自分のピッケルがザックに入るほど短いか、ピッケルを隠すことができるほど大きなザックを背負っていればべつですがね」

主人はいった。

「ザックを盗んだのは、どういう人だと思いますか?」

紫門が主人にきいた。

「自分のザックを失くした人だと思います。災難に遭った中田さんのザックは、いかに大型ザックでも、それに入れられるほど小さくはないということでしたから」

「ザックを失くすといったら、登山中に、拾うことのできない場所へ落としたということでしょうね?」

「そう思います。ザックを落とした人は、から身でここまでやってきたんでしょう」

紫門は、去る五月十二日、劔山荘に届けられたザックの話をした。

主人はそれを知っていた。上市署員からきいているといってから、ひょっとしたら去年の十月初旬、この付近でザックを落としてしまった人がいて、その人が山小屋の前に置いてあった中田と木島のザックを見て、一つを持ち去ったのではないかと想像したといった。

剱山荘に届けられたブルーのザックには男物で高級品のシャツやセーターが詰めてあったが、ザイルも入っていた。登山道を登降する登山者がめったに持たない山具である。そういう物をなぜザックに入れていたかが疑問である。

もう一つ奇異に感じることがあった。拾われたザックには英国製のキャンディが袋ごと入っていたのだが、紫門らの救助隊が剱沢雪渓捜査中に、女性の物と思われる赤いジャケットを発見して収容した。それのポケットに、ザックの中に入っていたのと同じキャンディが二つ入っていた。

日本製のキャンディがいくらでも売られているのに、英国製の同じ物が剱沢雪渓で拾われたザックとジャケットに入っていた。ザックとジャケットが同一人の物なら、妙でもなんでもないが、ジャケットは女性物の可能性が高い。なんとなく男女の同行者がザックとジャケットを落とすか、風に飛ばされるかして失くしたように思われるのである。

一組の男女がザックとジャケットを失くしたのではなくて、もしかしたら二人が、剱沢の雪の下に埋まっていることも考えられるのだった。

3

翌朝の空は雲が低かった。

紫門と三也子は、剱御前小屋を五時に発った。約一時間で剱山荘に着いた。剱山荘を男の三人パーティーが出てきた。彼らも剱岳へ向かうようだった。

一服剱の手前で一本立てている三人を追い越した。前剱のピークを一時間で越え、五十分ほど登ってクサリ場を抜けた。何度きても緊張するところだった。

紫門はノートを出した。

五月十三日、江崎有二と安達圭介の二人は、午前六時に剱山荘を出発して午前八時四十分にクサリ場を抜けた。ほっとしたところへ、江崎が谷側へ倒れるように傾き、そのまま断崖へ消えて姿が見えなくなったということだった。

紫門はその現場をカメラに収めた。空には晴れ間が広がっていた。剱の稜線は陽光を受けて輝いている。

安達が救助隊員や上市署員に語ったところによると、その朝の天候は曇りで霧が張っていたという。

「ここから転落したとしたら、まずあの岩でバウンドするんじゃないかしら?」

三也子が膝を突いて、下方を恐る恐るのぞいた。

たしかに真下には赤黒い色をした岩が棚のように突き出している。登山道とその岩棚のあいだは八、九メートルの垂直の岩崖である。江崎は岩棚に落ちたとき全身を強打して即死したのではないか。そこでバウンドし、その下の岩棚まで墜落した。だから登山道にいる安達からは見えなくなったのだろう。

紫門と三也子が、下部をのぞいたり話し合ったりしているうちに八時四十分になった。

ここから剱山荘へ下ってみないか、と三也子がいった。安達の証言を確かめてみたいというのだった。紫門には所要時間の見当はついていたが、彼女の意見にしたがってみることにした。

三十分ほど下ったところで、登りで二人が追い越した三人パーティーが登っているのが見えた。

岩は固く、靴底がコトコトと鳴った。細かい岩屑を踏んで、ずるっと滑るところもあった。

二人が剱山荘に到着したのは十時二十五分だった。

上市署の記録によると、安達は江崎が転倒したのを見、しばらく江崎の名を呼んでいたが、剱山荘へ知らせなくてはと思って引き返し、十一時三十分に山小屋へ救助を求めて駆け込んだということだった。

紫門は剱山荘へ入った。

「やあ、救助隊の方でしたね」

山小屋の主人は紫門の顔を覚えていた。

山小屋には一般の登山者は誰もいなかった。昨夜の宿泊者は全員、登るか下るかしたのだった。

紫門は、五月十三日、江崎の遭難を知らせにやってきた安達は、ここへ何時に到着したのかをきいた。

主人は、厚手のノートを出してきてめくった。山小屋での出来事を控えてあるらしかった。

「午前十一時三十分です」

紫門もノートをめくった。上市署の記録を写したものである。

「安達さんは、江崎さんが八時四十分ごろ転落したといっています。すぐにここへ引き返すと、十時半には着けるはずですが、約一時間遅いですね」

「あのとき、私もそう思いましたが、安達さんは、江崎さんの転落を目の当たりにして、しばらく動けなかったそうです。それでここへ着くのが遅くなったんじゃないでしょうか」

「一時間も現場にいたことになります」

「放心状態になっていたんでしょうね。それとも、からだが震えて、引き返すのに時間をくったのかもしれません」

紫門はうなずいたが、納得したわけではなかった。

安達は登山経験を積んだ男である。同行者が岩場から転落し、姿が見えなくなった。現場の地形からいって助からないと判断しただろう。たしかにからだは震え、頭は混乱していたにちがいない。しかし、誰かに一刻も早く知らせ、救助を求めなくてはいけないという判断はついたと思う。江崎の姿は視界から消えても、下部の岩にからんで生きているのではないかという考えも浮かびそうなものである。一刻も早く救助しなくてはならないのに、一時間も現場で放心状態になっていただろうか。

紫門と三也子には、劔岳へ登り返す意思はなくなった。二人の目的は劔岳の山頂から眺望を楽しむことではなかった。いくつかの疑問を生んだ地点に立ってみることだった。

室堂へ下ると、上市署の青柳に電話した。

「先日はご苦労さまでした」

青柳はいった。

紫門は、江崎が転倒したさい、安達は救助を求めて剱山荘へ引き返したのだが、あまりに時間がかかりすぎていないかと、疑問を話した。

「紫門さんのおっしゃるように、事故発生からすぐに引き返せば十時半ごろには剱山荘に着けたでしょう。だが、安達は、ショックを受けて現場にしゃがみ込み、われに返ってから、どこかに岩壁を下りられる場所はないかと、さがしていたということです」

したがって約一時間のロスタイムが生じてしまったのだという。

紫門は、さっき三也子とともに立った現場を思い浮かべた。安達は、江崎が転落したところへ下りられる場所はないかとさがしたというが、転落現場近くにそんなところがないのは、一目瞭然だ。登山のベテランが、そんな判断がつかないわけがない。

十一時半ごろ、安達は剱山荘に、同行者が転落したと駆け込んだ。そのとき山小屋には、立山からやってきた登山者が六人休んでいた。安達の急報をきいてそのうちの三人と、山小屋の従業員の一人と、安達の五人が、転落現場へ向かったのだという。

紫門は、救助に協力した三人の登山者の氏名を青柳にきいた。

青柳は三人の氏名と住所を読んだ。三人とも二十代の男だった。

「三人に会うのね?」

三也子が、紫門のノートをのぞいた。三人の住所は、杉並区《すぎなみく》、千葉市、川崎市だった。

紫門と三也子は、大町市内のホテルに泊まった。ホテルから食事に出ると、小雨が降っていた。立山や剱も雨だろう。いい日に山行ができたものだ。

次の日の朝、二人は新宿行き特急に乗ったが、松本で下車した。紫門は登山装備を住まいに置き、服装を替えて、三也子の待つ松本駅に近い喫茶店で落ち合った。一緒に東京へ行くのである。

小室主任に、江崎の遭難現場を見てきたことと、あらためて感じた疑問を話した。

「約一時間のロスタイムか……」

小室は安達のことをいった。

「安達が登山の初心者なら、遭難現場でうろうろしていたでしょうが、ベテランの域に達している人間が、岩壁を下りようかどうしようかと迷ったでしょうか？」

「登山経験を積んでいても、同行者の遭難に遭ったのは初めてだと思う。動転して、しばらく動けなかったとしても、不思議じゃないと思うけどな」

小室はそういったが、納得するまで調べてみることだと紫門を励ました。

4

夕方、村沢《むらさわ》という男に新宿で会えることになった。去る五月十三日、剱山荘から江崎の遭難現場へ向かったうちの一人である。村沢は川崎市の造園会社の社員だった。

村沢は新宿の地理に通じているらしく、新宿駅西口のビルの地下にある喫茶店を待ち合わせ場所に指定した。

約束時間の六時きっかりにやってきた村沢は長身で、一八一センチの紫門よりも高く見えた。

「大きいですね」

紫門がいうと、村沢は学生時代バスケットボールをやっていたと答えた。二十七歳だという。顔も手も紫門と同じぐらい陽に焼けて黒かった。

村沢は父親が経営している造園会社の仕事に従事し、ほとんど毎日、会社が管理を委ねられている庭園などの見回りをしているのだといった。

「庭園といいますと、公立公園などですか?」

紫門はきいた。

「そういうところは、管理専門の職員がいます。うちの会社は、ゴルフ場や運動場の芝張りもやりますが、いちばん多いのは企業のハウス周りです。工場の建物の周りを芝生にしているところを見かけられたことがあると思います」

「そういえば、工場の周囲が芝生になっていたり、緑で囲まれているところが多くなりましたね」

「そういうところの造成と管理をするのが、うちの社の業務なんです」

村沢はそういったあと、紫門の名刺を見ながら、山岳遭難救助隊に憧れたことがあるといった。

紫門は村沢にきかれて、入隊するまでの経歴を話した。

すっかり打ち解けたところで、安達圭介が江崎有二の転落を知らせにきたときのもようを思い出してもらいたいと紫門はいった。

「よく覚えています。ぼくたち三人は学生時代の山仲間でした。剱山荘でコーヒーを飲んでいたら、男の人が息を切らして入ってきました」

「その人が安達さんですね？」

「ええ。彼はザックを放り出すと、床を這うようにして、同行者が転落した、救助の手を借りたいといったんです」

そのとき山小屋には客が六人いた。村沢らの三人パーティーと中高年の三人パーティーだった。

山小屋の主人は、安達に江崎の遭難地点を詳しくきいたあと、村沢たち三人に、現場へ向かって救助に協力できるかときいた。三人は協力しようと話し合った。山小屋の若い従業員も同行することになった。

主人は安達に対して、「疲れているだろうが、四人と一緒に現場へ行ったほうがいいよ」といった。

主人は安達に、カレーライスを食べさせた。安達は、涙をこぼしながらカレーライスを半分ほど食べた。

その間に山小屋は五人分の弁当を用意した。各人がザックに弁当を入れ、主人と中高年の三人パーティーに見送られて山小屋を出発した。

朝のうち山を暗くしていた霧はすっかり晴れ、乱杭歯《らんぐいば》のようなすさまじい赤黒い峰々は天を衝いていた。

五人が前剱を越えたとき、ヘリコプターの唸りがきこえた。近づいた機体を仰いで、富山県警の救助隊がやってきたのを知った。

「ぼくは、江崎さんは登山道から転落したということでしたが、壁登りをしていて墜落したのかと思いました」

「なぜそう思ったんですか?」

紫門は村沢の顔を見つめた。

「安達さんがザックから物を取り出すとき、ザイルの端がのぞきました。冬山ならアンザイレンの用意にザイルを携行する人がいますが、五月の山で、登山道を登降する場合、ザイルは不必要です」

「安達さんは、間違いなくザイルをザックに入れていましたか?」

紫門は念を押した。

「ぼくだけじゃありません。一緒に登った河合《かわい》もはっきり見ています」

河合は村沢の一年後輩で、自動車販売会社に勤め、住所は杉並区だった。

「安達さんが持っていたのは、どんなザイルか覚えていますか？」

「濃いブルーだったのは覚えていますが、長さや太さまでは分かりませんでした」

村沢たちのパーティーのもう一人は北本《きたもと》という男だ。彼も安達のザイルを見ているだろうかときくと、北本は気づかなかったようだという。

村沢、河合、北本の三人は、江崎救助に協力したあと下山の途中、安達がザックにザイルを入れていたことを思い出して話題にした。そのさい北本だけが知らなかったと答えたという。

「登山道を歩くのに安達さんはなぜザイルを持っていたんでしょうね？」

紫門はきいた。

「分かりません。使わない物なら、ただ荷が重くなるだけなのに……」

村沢は、河合の自宅に電話してみるといって、ポケットから携帯電話を取り出した。

河合は帰宅していた。村沢は山岳遭難救助隊員から、剱岳で遭難した江崎と、同行者の安達について質問を受けているといってから、安達がザイルを持っていたのを覚えているかときいて、電話機を紫門に向けた。

紫門は挨拶してから、安達が持っていたザイルのことをきいた。

「覚えています。安達さんが、ザックの脇のファスナーを下ろしたとき、ザイルの端がのぞきました。それを見た瞬間、なぜザイルなんか背負ってきたんだろうと思いました。まさか相棒が転落するのを予想していたわけではないでしょうし」

「ザイルの色を覚えていますか？」

「紺色だったと思います」

「太さの見当がつきましたか？」

「端が見えただけですが、八ミリか九ミリだったと思います」

「ザイルを背負っている人は多いでしょうか？」

「めったにいないと思います。もしかしたら安達さんは、山行のたびにザイルを携行していたんじゃないでしょうか？」

「習慣というわけですね？」

「たまに夏山でもピッケルをザックに結わえつけている人を見かけます。かえって危険なのに。あれと同じじゃないでしょうか」

　河合と話していて紫門は、五月十二日に剱沢雪渓で登山者に拾われ、剱山荘に届けられたブルーのザックを思い出した。持ち主不明のそのザックには、赤と緑の糸で編んだ二〇メートルの八ミリザイルが入っていた。これを見たときも、岩壁登攀でもなさそうなのに、なぜザイルを携行していたのかと首を傾げたものである。

電話での短い会話だったが、河合も村沢と同じで登山経験を積んでいるという印象を受けた。

村沢は、近くで食事をしようと紫門を誘った。彼はかつて憧れていた山岳遭難救助隊員ともっと話していたいようだった。

カメラの安売り店の近くの和風レストランに入った。ビールを注ぎ合いながら紫門は、江崎が転落死する前日、劔沢雪渓を登っていたパーティーによって、色がブルーの古いザックが拾われたことを話した。

「ザックを落とすなんて不用意ですね。その人は無事下山できたでしょうか？」

村沢はグラスを持っていった。

「冬山なら無事ではいられなかったでしょうね。上市署でそのザックの中身を見ましたが、内容物から冬山でないことは確かでした。そのザックにもザイルが入っていたんです」

「ザイルを背負って登る人はいるものなんですね」

「いや、めったにいないと思います。そのザックの中身を見たときも、なぜザイルを入れていたのかを考えたものです」

ブルーのザックが劔山荘に届けられたとき、たまたま江崎と安達が喫茶室にいて、二人は奇妙な会話をしたというが、紫門はそのことには触れなかった。

5

村沢と新宿駅で別れると、紫門は三也子に電話した。

「どうだった?」

彼女は村沢に会っての収穫をきいた。

紫門は、江崎が遭難したさいの同行者・安達は、ザックにザイルを入れていたことを話した。

「安達さんが、ザイルを……」

彼女はそういってから、しばらくなにかを考えているようだったが、

「五月十二日に剱沢雪渓で拾われたブルーのザックは、安達さんの物じゃないかしら?」

と、声をひそめるようにいった。

「ぼくもそう思った」

「安達さんは、山に登るたびにザイルを携行していたんじゃない?」

ただの習慣ではないかというが、

「ぼくは、なにか目的があって持っていたような気がするんだ。山に何度も登ってい

る人なら、山行時季になにが必要で、なにが不必要だという心得があるはずだよ。そういう人が、使うことがないと分かっている山具を背負って登らないと思う。ベテランは、荷をできるだけ軽くしようと工夫するじゃないか。スプーン一個の重量にも気を使うものだよ」

「安達さんは、なんのためにザイルを持っていたのかしら？」

「ブルーのザックが安達さんの物だとしたら、ザックを失くしたことと、ザイルは関係があるそうな気がするんだ」

「どんなふうに？」

「登山道を登降する以外に、ザイルを使ってなにかをしようとしていたんじゃないかな？」

「五月十三日の山行でも？」

「たぶんそうだと思う」

「ザイルを使うとしたら、岩壁の登降が考えられるわね」

「そうなんだ。安達という男は、岩壁を何メートルか登ったり下ったりするつもりだったんじゃないかな？」

「だとしたら、ザックの中には、ハーケンやハンマーを入れているはずよ」

「入れていたような気がするんだ」

「ブルーのザックには入っていなかったんでしょ？」

「その山行では、ハーケンやハンマーを使う必要がなかったんじゃないか。あるいは、腰に吊っていたかもしれない」

「ハーケンを使う作業をする前に、ザックを落としてしまったのかしら？」

「そうも考えられるね」

「亡くなった江崎さんのザックには、ザイルは入っていなかったのかしら？」

それについてはまた、上市署の青柳に問い合わせてみるつもりだ。

次の朝、紫門は、「民宿」と呼んでいる石津家の離れから上市署の青柳に電話した。

「ご苦労さまです」

青柳はいつも丁寧だった。

「何度もいろんなことを伺ってすみません」

「いえ、紫門さんが熱心に調査なさっていることを小室さんから電話できました。及ばずながら私で役立つことがあれば、なんでもきいてください」

小室は気を利かせて電話を入れてくれたようだ。

紫門は、五月十三日に劔岳で転落死した江崎は、ザックにザイルを入れていたかをきいた。

「いいえ。ザイルは持っていません。彼らにはロッククライミングの予定はなかったんです。ザイルを必要とするような登山ではなかったはずです」

「ところが、同行の安達さんはザイルを携行していました」

「えっ。彼がザイルを。……どこでそれが分かったんですか？」

「当日、剱山荘から江崎さんの救助に向かった三人パーティーのうちの二人が、安達さんがザックにザイルを入れていたのを見ています。そのザイルが紺色だったことも覚えていました。ですからあるいは江崎さんもザイルを携行していたのではと思ったものですから」

青柳も、安達はなんのためにザイルを持っていたのだろうかといった。

次に紫門は、ブルーのザックのことをいった。

「そういえば、拾われたブルーのザックには二〇メートルのザイルが入っていましたね」

そういって青柳は首を傾げたようだった。彼は、拾得物のザックはもしや安達の物ではないかと推測しただろうか。

紫門はつづいて剱山荘に電話した。主人に、五月十三日、江崎の遭難現場に安達と三人パーティーとともに向かった従業員にききたいことがあるといった。男の若い従業員が電話を代わった。安達がザックにザイルを入れていたらしいが、それを見ているかと紫門はきいた。

「ザイルですか……」

従業員は見てないようだった。

剱沢雪渓で発見され、上市署が保管しているブルーのザックと赤いジャケットには、英国製の同じキャンディが入っていた。袋にはそれを輸入した商社名が印刷されていた。

紫門はその商社に電話して、商品名を告げた。担当者が応じた。

キャンディはどこでも売っている物なのかときいたところ、一昨年の冬、初めて輸入し、国内の主要都市の卸業者に販売したが、売れゆきが思わしくないため、以降は買いつけていない。したがって小規模なスーパーマーケットやコンビニエンスストアーにまでは行き届いていないはずで、扱っているのはデパートの菓子売場か、大型スーパーだろうという。

それをきいて紫門は、中野駅に近いアーケード街の大型菓子店へ行った。日持ちしない和菓子やケーキ以外ならたいていの物はそろえているという店である。

彼は店員に写真を見せた。ブルーのザックに入っていたキャンディと袋を撮ったものだ。

「うちでは扱ったことがありません」

店員は写真を返してよこしたが、輸入菓子を主に扱っている店が新宿にあるから、そこできいてみてはどうかと教えてくれた。

その店は西武新宿《せいぶしんじゅく》駅の近くだった。紫門は同じように写真を見せ、扱っているかときいた。

店員は同種のキャンディが並べてある棚の前へ紫門を案内した。以前少量仕入れた覚えがあるが、現在もあるかどうかといって、棚からいくつかのキャンディの袋を下ろしてさがした。だが写真のキャンディは見つからなかった。

これで写真のキャンディが、どこの店にも置いてある物でないことが分かった。どこの店でも買える物なら、ブルーのザックの持ち主と赤いジャケットを着ていた人が、偶然に同じ菓子を持っていたことになるが、めったにない物を持っていたところから、二人が同行者だった可能性が高くなった。

ジャケットは明らかに女性用である。ザックには男物が入っていた。一組のカップルは、少なくとも去年の降雪期の前に剱岳かその周辺を歩いていたとみてよいだろう。カップルの男のほうはザックを紛失し、女性はジャケットを風に奪われるかして失くしたことになる。二人が遭難し、雪に埋まっているとしたら、まもなく剱岳を取り巻く雪渓から発見されそうな気がする。遭難したのでないとしたら、山中でなにかが起こり、ザックを失くし、ジャケットを失くしたことになる。それなのに、どの山小屋にも警察にも届け出ないとは、いったいどういうことなのか。

紫門は、北新宿のマンションに住むタイ人女性のジュンの電話番号を押した。十数回呼出し音が鳴ったが、応答はなかった。

池袋のサンシャインシティにあるM商事に電話し、安達枝里子《えりこ》を呼んでもらった。安達圭介の妻である。この夫婦は二年ほど前から別居している。

「安達です」

枝里子は低い声だった。

紫門は名乗り、見てもらいたい物があるのだが会ってもらえるかときいた。

「短時間でしたら……」

彼女は周囲に気を使うような答え方をした。

M商事は二十五階だった。紫門は以前、このビルの中にある企業を何回も訪ねたことがあった。機械メーカーに勤めていたころのことである。

高速エレベーターは、あっという間に彼を二十五階へ運び上げた。

M商事と書かれた扉がいくつもあった。受付の札の出ている扉を開けると、若い女性が立ち上がった。

枝里子が出てきて、長いテーブルのある部屋へ案内した。わりに背の高い女性は受付にいた女性と同じベージュ色のユニホームを着ていた。

「わたしがここに勤めているのが、よくお分かりになりましたね」

「奥さんにお会いしようと、お宅を訪ねました。近所の人が私の姿を見て教えてくれました」

紫門は口実を使った。夫と別居していることも耳に入れたと彼はいった。

「お恥ずかしいことですが……」

彼女はわずかに目を伏せたが、「わたしに見てほしい物とおっしゃいましたが、なんでしょうか？」

と、不安げな表情をした。

紫門は、去る五月十二日に劔沢雪渓で登山者のザックが拾われて山小屋に届けられたことと、山小屋にたまたま安達と江崎がいたことを話した。

「その次の日、江崎さんは劔岳を目前にして岩場から転落してお亡くなりになりました」

「知っています。そのことでは安達はとても滅入っていました。江崎さんとは長年のお付き合いで、何回も一緒に山へ登っていた仲でしたから」

彼女は声を落とした。

「見ていただきたいのは、これです」

紫門は彼女の前に写真を七枚置いた。ブルーのザックと内容物の着衣やザイルを撮ったものである。

　彼女は写真を一枚ずつ手に取った。

「見覚えのある物ではありませんか？」

「とおっしゃると、このザックとセーターやズボンが、安達の物ではないかといわれるのでは？」

「あるいはと思ったものですから」

　彼は枝里子の表情を観察した。

　彼女は写真を見おわると、七枚を重ねて返してよこした。

「紫門さんがご存じのように、わたしと安達は二年前から別居しています。彼が山へどんな物を着ていくのか見ていません。ですから、彼の物かどうかの判断がつきませせん」

「このザックはかなり古い物です。見覚えはないでしょうか？」

「わたしは登山をしませんし、関心もありません。彼がどんなザックを持っていたのか思い出せません。……あの、安達が登山中にザックを失くしたことがあって、そのザックが、彼がたまたま山小屋にいるところへ届けられたのだとしたら、一目見て、自分の物だといったはずです。否定したということは、彼の物ではないということではありませんか」

彼女はいくぶん強い口調でいった。

「そうですね。ご自分のザックを見て、自分のではないと否定するわけがありませんね」

紫門はテーブルに置かれた写真を封筒に入れた。

枝里子はしばらく黙っていた。逆に紫門を観察しているようだった。

「紫門さんは、安達に対してなにか疑っていることがおありのようですね？」

「多少の疑いを持っているのは事実です。私は、この写真のザックの持ち主をさがすのが目的です。このザックが山小屋へ届けられたとき、たまたまそこにおいでになったのが、安達さんと江崎さんでした。山小屋の主人が、そのときのお二人の会話を覚えていました。どう考えても不自然な会話でしたから」

枝里子は、ちらりと時計に目をやった。

それを見て紫門は椅子を立った。

彼女は、紫門のいったことを考えてみたいといった。その眉間にはわずかであるが皺が立っていた。

四章　ジュンの部屋

1

ジュンの住まいへまた電話した。が、やはり出なかった。この前は夜、直接彼女の住所を見に行ったし、電話を掛けてもみたが応答がなかった。

フリーライターだった江崎は、ジュンを歌舞伎町のクラブへホステスとして五百万円で斡旋しようとした。

一軒のクラブではとてもそんな金を出せないといったが、べつのクラブのママはジュンの写真を見て乗り気になり、彼女に直接会いに行った。彼女をじかに見たそのママは、五百万円払っても雇いたくなった。だが、肝心のジュンのほうに働く意思がなかったようだという。

江崎はジュンの意思を確かめたうえで、適当なクラブに話を持ちかけたのではなかったようだ。

紫門は、江崎がジュンを高値で斡旋しようとしたことに興味を持った。彼と彼女がどんな間柄だったのかを知りたかった。

彼女が住んでいるマンションの家主は、一〇〇メートルほどのところにある電器店だった。店には冷蔵庫だの洗濯機などがぎっしりと置かれ、天井からは照明器具が吊り下がっていた。

五十歳ぐらいのメガネを掛けた主人が出てきた。

紫門は名刺を出し、ある山岳遭難に関して調査していることがあるといった。

主人は、なんのことか理解しがたいという顔つきだった。

「マンションの六〇六号室に住む、ジュンという女性のことを伺いたいのです」

紫門がいうと、六〇六号室の契約者は女性ではないといった。

「フルネームはなんという女性ですか？」

主人は紫門に椅子をすすめた。

「分かりません。タイの女性です。たぶん愛称だと思いますが、ジュンと呼ばれていて二十一歳ということです」

「アジア系の若い女性が住んでいることは知っていますが、うちではその人に部屋を貸しているんじゃないんです。日本人の男性です」

主人は緑色のファイルを持ってきて、契約者は神奈川県藤沢《ふじさわ》市の曾根三樹夫《そねみきお》だと答えた。

「曾根さんは何歳ぐらいの人ですか？」

「契約したのは去年の一月です。曾根さんには一度しか会っていませんが、この契約書には四十四歳と書いてあります」

契約者の曾根は、新宿区の会社に勤めているが、自宅が遠いので、セカンドハウスとして借りたいといった。彼はときどき泊まるようだが、他の入居者の話から曾根の部屋にはアジア系の若い女性がいるらしいことを家主は知った。だが、家賃はきちんと入っているし、他の入居者に迷惑がかかるような行為はないので、六〇六号室を訪ねて確認したこともないし、曾根に連絡を取ったこともないという。

「六〇六号室に住んでいる若い女性をご覧になったことがありますか？」

「いいえ。一度も……。スタイルのいい、可愛い顔をした女性だとはきいています」

「何回電話しても出ませんが、新宿のクラブにでも勤めているんでしょうか？」

「そうじゃないらしいですよ。夜もいるということでした。曾根さんは毎日泊まるわけじゃないから、可愛い人を住まわせているんじゃないでしょうか」

紫門は、六〇六号室の女性のことを知っているのは、何号室の入居者かときいた。

「六〇二号室の奥さんは、六〇六号の若い女性と何度か顔を合わせたといっていました。私にきいたといわないでくださいね。大家が入居者のことをいろいろ喋ると思われたくないですから」

主人は笑いながらいった。

六〇二号室のドアから顔をのぞかせたのは二十五、六歳の小柄な女性だった。結婚して間がないのではないか。

紫門は、六〇六号室に住んでいる女性のことを尋ねたいのだが、会ったことがあるかときいた。

「知っています」

彼女の話し方は子供のようだった。人に見られたくないから入ってくださいといって、せまい三和土《たたき》の履き物を隅に寄せた。彼女はどういう目的で六〇六号室の女性のことを知りたいのかをきかなかった。たまにこういう無防備な人がいる。

六〇六号室の女性はタイ人だがそれを知っていたかときくと、

「そうではないかと思ってましたが、話したことはありません。たまにこの通路やエレベーターで会ったりすると、にこっと笑います」

「可愛い顔の人らしいですね？」

「ご存じなかったんですか？」

「会ったことはありません」

「目が大きくて、とても可愛い顔です。身長は一六二、三センチあるでしょうね」

「水商売で働いているようですか？」

「そうじゃないと思います。昼も夜もいましたから」

彼女は小首を傾げて、去年からその女性はいないようだといった。

「いない……。去年のいつごろからですか？」

「十月か十一月ごろからだと思います。姿を見掛けませんし、ベランダに洗濯物も出ていません。ベランダに出ると六〇六号室のベランダは突き出ていますので一部が見えるんです」

去年の秋ごろから六〇六号室の窓には灯りがつかないという。

「あの部屋へは中年の男性がきていましたか？」

「ときどき、四十半ばの男の人がきていました。その人の姿もこのごろ見かけません」

だが、たまに誰かが訪れていることは事実だという。なぜそれが分かるかというと、不動産業や学習塾のパンフレットなどが、ドアのポストに差し込まれ、それがのぞいているのだが、何日かするとなくなっている。掃除をする人は、空室でないかぎりドアポストに差し込まれた物を片づけたりはしない。だから、十日に一度ぐらいの割りで誰かが訪れ、パンフレットなどを取りのぞいているらしいという。

ジュンがいるころ訪れていた中年男は、部屋の契約者の曾根にちがいないが、どんな風采の人かを尋ねた。

「中肉中背で、自由業のような服装をしていました。たしかメガネを掛けていたと思います」

「サラリーマン風ではないということですね？」

「ええ。スーツは着ていませんでした」

半年以上も前からジュンは住んでいないらしい。曾根という男と別れて、転居したのだろうか。それとも母国へ帰ったのか。

家主の話だと、家賃や管理費は毎月きちんと銀行口座に振り込まれているという。曾根にとってはマンションの一室を借りておく必要があり、何日かおきには訪れているのだろう。

ジュンを雇い入れようとした歌舞伎町のクラブのママは、ひょっとしたらジュンは江崎の愛人ではないかと想像していた。だがその江崎は去る五月十三日に剱岳で転落死している。ジュンがいなくなった部屋へいまも訪れているのは、契約者の曾根にちがいない。曾根に会えば、ジュンと江崎の関係が分かりそうだが、彼がはたして紫門の質問に答えるだろうか。曾根には妻子がいることだろう。ジュンとのことを妻子に知られないようにこのマンションに住まわせていた。そういう女性のことをききたいといっても、快くは応じないような気がする。

しかし紫門は、当たって砕けろという気持ちで、家主からきいた曾根三樹夫の勤務先である新宿のユニオン物産に電話した。が、その電話番号は使われていなかった。

マンションを契約したあと、移転でもしたのだろうか。彼の住所は藤沢市だ。そこへも掛けてみた。なんと、その番号も使われていないという案内が繰り返された。もしかすると住所も勤務先の電話番号も、でたらめだったのではないか。会社名、いや氏名の曾根三樹夫も架空ということも考えられる。

紫門はマンションの家主の電器店をふたたび訪ねた。近所の主婦らしい人がきていて、アイロンを選んでいた。客は十分ほどで、箱を抱えて帰った。

紫門は、六〇二号室の若い主婦からきいた話を家主に伝え、曾根三樹夫には電話が通じないことを話した。

「えっ、ほんとですか?」

家主は目を丸くした。しばらく天井を向いて瞳を動かしていたが、あらためてマンションの契約書を見て、ユニオン物産の電話番号を押した。

「ほんとだ……」

彼は曾根の自宅の番号へも掛けた。

「どういうことだろう?」

受話器を置くと、そこに手を掛けたまま彼はつぶやいた。

家賃は滞《とどこお》っていないが、契約時に申告した自宅にも勤務先にも電話が通じない。

それにセカンドハウスとして契約したのに外国人の若い女性を住まわせていたことが

ある。明らかに契約違反である。

「保証人に連絡を取ってみましょう」

賃貸借契約書には保証人の住所、氏名を記し、押印した欄がある。保証人の住所は杉並区だった。それの電話番号を見て、家主は慎重な手つきで番号を押した。

「これも通じない。全部でたらめなんじゃないのかな」

家主は眉間を険しくした。棚から電話帳を抜き出すと、ユニオン物産をさがした。同名の会社の所在地は千代田《ちよだ》区神田だった。そこへ掛け、曾根三樹夫という社員はいるかときいた。

「やっぱりでたらめらしい」

ユニオン物産では、そういう名の社員はいないと答えたようだ。

「警察に相談してみてはいかがでしょうか」

紫門がいうと、家主はまた天井を仰いでいたが、管轄の交番へ電話した。

2

十五分ほどすると制服警官が二人、自転車でやってきた。家主と警官は顔見知りのようだった。

家主は柱のスイッチをはね上げた。天井から吊り下がった照明器具のいくつかに灯りがついた。夕暮れが迫ったのだ。

家主はマンションの六〇六号室のいきさつを説明した。

「こちらの方の話をきかなかったら、なんの不審も持ちませんでした」

家主は紫門のことをいった。

紫門は椅子を立って名刺を出した。それには所属する豊科警察署が太字で刷ってある。

彼は、マンションの六〇六号室に住んでいるはずのジュンと名乗るタイ人の女性を訪ねるつもりだったと話した。

警官がもし彼の話に疑問を抱けば、豊科署へ問い合わせるはずだ。彼のことはどの署員も知っており、詳細なことが必要なら小室主任の席に電話が回されるだろう。

交番の警官は、紫門の話に納得したらしく、六〇六号室の室内を検べるといった。

家主は引出しから合鍵を出した。

紫門は同行してよいかときいた。

「どうぞ。一緒に見てください」

家主が答えた。

六〇六号室の三和土には、女性物のつっかけが一足置いてあるだけだった。警官が下駄箱を開けた。いかにも若い人の物らしい女性物の黒と赤の靴が入っていた。下駄箱の上の壁に仔猫の写真を入れた小振りの額があった。部屋は一ＬＤＫの間取りだった。玄関を入ってすぐ左手にドアがあった。家主がノブを回した。ダブルベッドと、引出しのついたサイドテーブルがあり、テーブルには花柄の傘のスタンドがのっていた。ベッドには緑色と茶色の花模様のカバーが掛けてあった。枕の長さは一メートルぐらいある。

ワードローブの扉を開けた。薄茶色のハーフコートは冬物だった。ワンピースとスーツとブラウスが吊ってあった。警官はラベルを検べた。すべて日本製だった。いちばん奥に黒のカーディガンがあった。

「これだけは男物ですね」

警官はハンガーごと出して家主に見せた。毛糸に光沢《こうたく》があり、女性物よりも高級品に見えた。それも日本製だった。

サイドテーブルの上段の引出しを開けた。薄いノートにボールペンが入っていた。ノートには見慣れない手書きの文字が並んでいる。ローマ字に似た文字の上に、´やˆやαが、ルビのように振ってある。

「タイ語じゃないでしょうか」

紫門がいった。彼は機械メーカーに勤めていたころタイの文字を見たことがあった。

下段の引出しには艶のある黒い箱が入っていた。避妊具だった。

ダイニングには小さな食卓があり、椅子が二つ向き合っていた。

リビングにもワードローブがついていた。その中にはプラスチック製の箱が四つ積んであった。中身は女性用の衣類だった。

警官はいちばん下の箱から男性用の下着と靴下を見つけた。

「男がきていたことは間違いないな」

警官同士が話した。

ベージュ色をした電話機はテレビの横の白木の箱にのっている。

警官が受話器を耳に当てた。

「通じているな」

食器類は流し台の横の籠に入っていた。そこには小さな炊飯器もあった。鍋とフライパンは棚に伏せてあり、食用油や洗剤は流し台の下の扉の中に収納されていた。冷蔵庫も小型で、中にはハムとチーズ、それから缶ビールが二本入れてあった。これらは電気が入ったままである。

これらの物はジュンが使い、衣類も彼女の物だろう。部屋が殺風景なのは、彼女の住んでいた期間が短かったからではないか。

窓のカーテンを開けた。ベランダにロープが二本渡してあった。ジュンはここへ洗濯物を吊っていたのだろう。それが六〇二号室のベランダから見えたのか。

流し台の引出しの中まで調べたが、名刺や、誰かの住所や電話番号を書いたものは見つからなかった。郵便物もなかった。

警官が電話機ののっている白木の箱を持ち上げた。黒いバッグと封筒が現われた。バッグの中身はハンカチとティッシュペーパーとメモ帳だった。メモ帳の文字も読めなかった。タイ語らしい文字が、数ページにわたって書いてあった。

封筒の中は写真だった。十四枚あり、すべて少女のような顔をした同じ女性が頬笑んでいた。目が大きくて丸く、やや唇が厚い。たぶんジュンだろうと紫門は思い、写真にじっと目を凝らした。歌舞伎町のクラブのママがいっていたとおり、典型的なタイ人の顔でなく、西欧人の血が混じっているような顔立ちである。全身が写っているのもあった。すらりとした均整のとれたからだつきである。

警官の一人は、メモ帳とベッドルームのノートをコピーするといって部屋を出ていった。

「何カ月も使っていませんね」

家主は流し台を見ていった。うっすらと埃《ほこり》をかぶっているのを見たのだった。

「女性の衣類があるんだから、住んでいそうな気もするが……」

警官は片手を顎に当て、流し台を指でこすった。

パスポートが見当たらないところから、ジュンは貴重品を持って出ていったのだろうが、衣類が置いてあるのをどう解釈したらよいのか。部屋の雰囲気を見るかぎりでは、外出中で、すぐに戻ってきそうでもある。

警官の一人が戻ってきた。ノートとメモ帳を元の場所に置いた。ノートの文字はジュンの手によるものだろう。そこには知人の住所などが書いてあることが期待できた。

紫門もノートのコピーを欲しかったが、それを借りたいとはいいだせなかった。

紫門は三也子と渋谷で会った。二人は行きつけの小料理屋のカウンターに並んだ。

彼は日本酒を頼んだが、彼女は、「いきなりお酒では……」といってビールを取った。

ここの女将《おかみ》は、紫門の好みを知っていて、里芋とずいきの炊き合わせはどうかときいた。

彼はうなずき、あさりと小松菜の煮びたしを一緒にもらうことにした。

三也子は、するめイカの一夜干しと、帆立と舞茸《まいたけ》のホイル焼きを頼んだ。

紫門のきょうの調査結果をきいた三也子は、

「ジュンという女性、その部屋に住んでいないんじゃないかしら?」

といった。

「台所やテーブルの上の埃を見ると、住んでいないように見えるけど。衣類があるのはどうしてだろう？」

「わたしは、去年の十月か十一月に帰国したのだと思うわ」

「着る物をいっさい残してかい？」

「またくるつもりで、置いていったんじゃない。……夏物はどうだった？」

「あったよ。半袖のシャツや、薄手の白いジーパンや、ピンク色のスカートもあった」

「タイは一年じゅう暑いでしょ？」

「気温は日本の夏に相当するらしい」

「夏物だけは持って帰国しそうね」

「君は、彼女が住んでいないのを、どこで判断する？」

あさりと小松菜の煮びたしが先にカウンターに置かれた。三也子もそれを小皿に取った。

「台所やテーブルの埃もそうだけど、冷蔵庫の中を見れば、そこで生活しているかどうかは一目瞭然だと思うの。牛乳とか肉とか、人によっては野菜や食べ残しを入れておくわ。ハムとチーズと缶ビールは日持ちする物よね。めったにその部屋を使わない人の食品という感じがするの」

「誰かがきていれば、水道と冷蔵庫ぐらいは使うよね。流し台が埃をかぶっていることはないと思う」

「男か女か分からないけど、ときどき誰かきて、ドアポストに差し込まれているパンフレットや、ガスの検針表なんかを持っていくんでしょうね。その人は部屋を使うのでなくて、人が住んでいるような見せかけをしているんじゃないかしら」

「家賃を振り込んでいるところをみると、当分のあいだは部屋を使用しているというカムフラージュが必要なんだろうね」

「その部屋の契約者の自宅や会社の電話番号が使われていないというのも、謎だわね」

「保証人もでたらめらしい。あしたは曾根三樹夫という四十半ばの男が契約書に記入した住所を確かめてみるよ」

「たぶん住んでいないでしょうね」

「そういわれてしまうと、意欲が鈍るな」

「ご免なさい。なにごとも確認することが大事だったわ」

三也子は料理に箸をつけた。

紫門は手酌で注いだぐい呑みを干すと、彼女の前にある盃に酒を注いだ。

「たしか、ジュンという女性、日本語学校へ通っていたといったわね？」

「歌舞伎町のクラブのママがいっていた。江崎さんにきいたらしい」

「その日本語学校には、彼女の友だちがいるような気がするわ」

「そうか。いいところに気がついた。友だちに当たれば、彼女の消息が分かるだろうね」

紫門は、ジュンに会ったことのあるクラブのママに電話した。

ママはジュンが通っていた日本語学校名を知らなかったが、高田馬場だときいたような気がすると答えた。

3

曾根三樹夫と称する男が、北新宿のマンションの一室を借りるさい、契約書に記入した藤沢市の住所へ行ってみた。そこは小田急江ノ島線鵠沼海岸《おだきゅうえのしまくげぬまかいがん》駅から歩いて四、五分の閑静な住宅街だった。道路の両側に塀で囲った邸のある一角である。

住居表示を訪ね当てると「山下《やました》」という茶色の塀の古い家だった。塀の上からマツの枝が見えた。紫門はインターホンを押した。しばらくして女性が、「どなたさまでしょうか」と応えた。

彼は、曾根三樹夫という人がいるかと尋ねた。

「わたくしどもは山下でございます。そういう人はおりません。よそさまのお間違いだと思います」

予想された答えだった。

彼は、都内のあるマンションの契約者の住所がここになっているが、同様の問い合わせか、曾根を訪ねてきた人がほかにいなかったかときいた。

「そのようなお問い合わせを受けたことはございません」

女性は、他家との間違いだろうと繰り返した。

彼は公衆電話を見つけ、そこにあった電話帳で曾根三樹夫をさがした。同姓同名の人が載っていた。その人の住所は線路の反対側だった。

十五分歩いてその家に着いた。ここも古い家で、コンクリートブロックの塀がめぐっていた。

伺いたいことがあるというと、玄関の戸の開く音がした。犬が鳴いた。飼い主に甘えている声だった。六十半ばと思われる白髪の女性が「曾根」という表札のある門の脇の木戸から顔をのぞかせた。

紫門は、同姓同名の四十半ばの男性をさがしているのだがといった。

「主人はたしかに三樹夫ですが、七十を過ぎております」

と、上品な顔を傾げた。

「新宿のマンションの一室を借りていらっしゃる曾根さんではありませんか？」

「新宿にですか。……わたくしどもでは、他所《よそ》に部屋など借りておりません」

紫門は人違いだといって頭を下げた。

彼は杉並区へ急いだ。曾根三樹夫がマンションを借りるさいの保証人の住所をさがした。きのう家主は保証人の住所へも電話を掛けたが、その番号も使われていなかった。無駄骨を折るだけとは思ったが、曾根という男の身元を割り出すヒントが拾えればと考えてやってきたのである。

契約書に記入された保証人の住所となっているところへ行き着いたが、その氏名の家は存在しなかった。

これで曾根三樹夫という氏名も偽名ではないかと思われた。

マンションを貸すさい、契約者や保証人の住民票か印鑑証明でも提出させれば、こういう問題は起こらなかったのだ。きのう家主もそれを悔やんでいたが、契約に対してあまりうるさいことをいうと、入居を拒む人がいる。早く入居してもらいたかったので、印鑑証明などを取らなかったという。曾根と名乗った男の風采が怪しげでなかったせいでもあろう。

電車を高田馬場で降り、駅前の交番でこの付近の日本語学校をいくつか教えてもらいたいといった。

警官は、何校かあるだろうが、全部を把握しているわけではないといって、二カ所を教えてくれた。

紫門はジュンの本名を知らない。タイ人ということと愛称のみである。

最初に訪ねたのは雑居ビルの二階にある外国語スクールだった。入口のガラス戸に、「各種英会話　中国語会話　日本語会話コース」と白い文字で書いてあった。

ガラス戸を開けようとしたところへ、若い女性が二人出てきた。一人は浅黒い肌をしていた。

受付のカウンターがあり、三十半ばぐらいの女性が立ち上がって、「こんにちは」といった。

紫門は、タイの若い女性の行方をさがしているのだが、その人の愛称しか分からない、さがす方法はあるかと尋ねた。

「ここでもタイの人が勉強しています。さがしている人はなんという愛称でしたか？」

受付の女性は愛想がよかった。

紫門はジュンの名をいった。

彼女は、きいたことがないという表情をして、奥へ入っていった。五、六分して出てきたが、それだけでは分からないと答えた。

駅前交番で教えられたもう一カ所の外国語スクールへ行った。そこはさっき訪ねたところよりも大きなビルに入っていて、生徒数も多そうに見えた。ドアに「クィーンズアカデミー」と英語と日本語で書いてあった。

受付の女性に、さっきと同じ質問をした。

彼女は、日本語のできるタイの女性を連れてきてくれた。この外国語スクールでアシスタントをつとめていて、マーニーという名だと受付の女性が紹介した。マーニーは丸顔で小柄だった。目が大きく唇がやや厚くて、肌は浅黒く、紫門の概念にある典型的なタイ人の容貌だった。初対面なのに、親しみのある笑顔を向けた。

紫門とマーニーは、細長いテーブルをはさんで向かい合った。

彼女は来日して二年目だといった。日常会話には不自由しなくなったという。

紫門は、北新宿に住んでいたジュンという若い女性をさがしている、その人は高田馬場の日本語学校へ通っていたというが、それがどこなのかも不明だといった。

「その人、どこで働いていましたか？」

マーニーはきいた。

「働いていなかったようです。日本人のある男性が、彼女を歌舞伎町のクラブへ紹介しようとしましたが、彼女は働きたくないといったそうです」

「その日本の人は、彼女が日本へくるときの、身元保証人ですか？」

「それも分かりません。彼女が住んでいたマンションの部屋へ、ときどき中年の日本人男性が訪れていましたが、名前は分かりません」

この程度の情報で、ジュンが現在どうしているかを知ることが可能だろうかと紫門はきいた。

「ジュンという女性、タイへ帰国したのではありませんか？」

「それも考えられますが、住んでいた部屋には、着る物や生活用品がいっさい残っています」

「一時帰国して、また日本にくるつもりではないでしょうか。ジュンという女性は、いついなくなったのですか？」

「去年の十月か十一月です」

「そんなに前から……」

マーニーは考え顔をした。

「わたしは、留学生として日本にきて、大学で勉強しながら、このスクールでアルバイトしています。ですから、タイからきている人を、大勢知っています。その人たちの中には、新宿や池袋で働いている人もいます。ジュンという人のことをきいてみますが、分かるかどうか、自信ありません。写真があると、いいのですが」

たしかにそのとおりだろう。紫門はジュンの写真を見ているが、容貌を口で説明しただけでは分かってもらえないだろう。マーニーは、紫門の話を人に伝えるのだ。彼の説明が一〇〇パーセント伝わることは期待できない。

ジュンが住んでいたマンションの家主に、彼女のいた部屋から写真を持ち出してきてくれないかと頼んでも、断わられるだろう。彼女は部屋へいつやってくるか分からない。現にあの部屋へは誰かがときどき出入りしているらしい。月々の家賃が振り込まれている以上、家主でも部屋にある物を勝手に持ち出すことはできない。

　契約者が契約違反を犯しているにしても、契約解除や退去を要請する場合、それを契約者に通告する義務がある。相手の居所が不明で連絡が取れないときは、裁判所に申請してある期間、公示しなくてはならない。

「写真を手に入れられそうです」

　紫門は思いついたことがあってそういった。

　剱岳で死亡した江崎は、ジュンの写真を持って、歌舞伎町のクラブを訪ねていた。したがって彼は自宅に写真を遺しているのではなかろうか。

　紫門はマーニーに自宅の電話番号を教えてもらえないかといった。彼女は留学生会館の宿舎にいるといって、そこの番号と内線番号を教えてくれた。

　紫門は、クラブ「キティーズ」のマネージャー・小田原に電話した。

「まだ東京ですか？」

「また出てきました」

　調べてみると不審なことがいくつもあるのだと紫門はいい、ジュンと、彼女の住まいのことに触れた。

「彼女は歌舞伎町では働いていないでしょうね。あれだけ可愛いコがクラブで働いていれば私の耳に入ります」

「帰国したと思われますか？」

「若い人は病気にでもならないかぎり、帰らないでしょう。大学に行っていない人はたいてい貧しい家の出身者です。金を稼ぐために来日しているんです。一年や二年では帰らないものです。日本でひどい目に遭った人はべつですがね」

「小田原さんは、彼女は現在も日本にいると思われますか？」

「いますよ。きっと」

彼は断言するようにいった。

紫門は、江崎からジュンの写真をあずからなかったかときいた。

「私は彼から写真を見せられただけです」

紫門はジュンの行方をさがしてみるといった。

4

江崎が住んでいたところは、外国語スクールとは山手線《やまのて》をはさんだ反対側だった。古いマンションの一室にはいまも彼の妻・光子《みつこ》と二人の子供が居住している。

光子は新宿区内の病院に勤務しているということだった。彼女はそろそろ子供のための夕食の準備を始めているのではないか。

相変わらずやかましい音楽を外に流しているパチンコ屋の角を入った。細い道の両側には焼き鳥屋やラーメン屋が軒を連ね、その匂いが紫門の腹の中の虫を刺激した。

神田川沿いのマンションの階段を三階に昇って、「江崎」と表札の出ている部屋の呼び鈴を押した。

青いTシャツを着た女の子がドアを開けた。

水音がやんで、光子が手を拭いながら出てきた。髪の短い色白の人だった。

紫門の名刺を見た彼女は、

「長野県の救助隊の方ですか……」

と、彼の素姓を確かめるような表情をした。

彼は、江崎の遭難に疑問を持っていることを話した。去る五月十二日、劔沢雪渓で拾われたブルーのザックが劔山荘に届けられたさいの、江崎と安達の会話についても話した。

彼女は彼を部屋に上げ、お茶を出すと、子供に食事をさせるから、しばらく待ってもらいたいといった。

紫門は夕食どきの訪問を詫びた。

話が進んで、去年の夏、江崎がタイの女性の写真を持って歌舞伎町のクラブを訪ねていたことを知っているかと紫門がきくと、彼女は首を横に振った。

「江崎は、タイの女性とどこで知り合ったんでしょうね？」

彼女は顔に不快感を表わした。

「江崎さんは小田原さんに、お知り合いの方から頼まれたとおっしゃったそうです」

「どなたのことかしら？」

彼女には見当がつかないようである。

タイの女性はジュンという名だが、行方をさがしているのだと彼は話し、江崎が持っていた写真があると思うのだがといった。

「江崎の物はまだ整理していません。書斎に使っていた部屋もそのままになっています。わたしが勤めているものですから」

彼女はさがしてみるといって立ち上がった。

玄関で、「ただいま」という声がした。中学生の男の子が帰宅したのだった。

男の子は紫門のいる部屋のドアを開け、「こんばんは」と頭を下げた。目鼻立ちが母親とそっくりだった。

光子は、今度は男の子に食事させることを紫門に断わりにきた。紫門は、近くの店で食事してくることにした。そのあいだに彼女は子供たちとともに食事を摂ることができると思ったのだ。

彼は一時間ほどして戻った。

光子は、茶封筒を紫門の前へ置き、

「タイの女性というのは、この人だと思います」

といった。

写真ははがき大で、五枚入っていた。モノクロで、紛れもなくジュンだった。五枚のうち三枚で、ジュンは頬笑んでいる。江崎は去年の春、この写真を手にして、小田原に紹介された歌舞伎町のクラブのママを訪ねていたものにちがいない。

光子は不安げな目をして、紫門がなぜジュンのことを調べるのかときいた。

ジュンは昨秋、住んでいた北新宿のマンションから姿を消したこと、警察官立会いで部屋を見たら、生活用品も衣類も残されていること、部屋の契約者名が架空であるらしいことなどを話した。

彼の話を黙ってきいていた光子は、

「江崎とその女性は、どんな関係だったんでしょうか？」

と、写真を入れた封筒を目で指した。

「それはまだ分かりません。マンションの契約者は四十半ばの曽根三樹夫という人です。曽根が本名かどうか怪しいものですが、江崎さんは曽根という人から、この女性の働き口をさがしてやってもらいたいと頼まれたような気がします」

「曾根三樹夫……。きいたことのない名前です」

彼女はシャツのボタンを掴んだ。

「去年の夏ごろ、江崎さんにはまとまったお金が必要なことがありましたか？」

「まとまったお金ですか……。わたしのところにはお金の余裕のあったことはありませんが、まとまった大金なんか……」

彼女は首をゆるく横に振り、なぜかときいた。

紫門は、彼女をなお不安にさせるとは思ったが、江崎が歌舞伎町のクラブのママに提示した斡旋料が五百万円だったことを話した。

「知りませんでした。クラブというのは、そんな大金を出して、外国の女性を雇い入れているんですか？」

「あるクラブのママは、この写真の女性なら五百万円出す気になったそうです」

「江崎は、クラブのママから、そんな大金を受け取ったんですか？」

「この女性は、クラブで働く気はないと、断わったそうです」

「なぜでしょうか？」

「それも分かっていません。……私は、この女性を取り巻いている謎を調べています。会うことができれば、江崎さんとの間柄もはっきりすると思います」

紫門は、ジュンの写真を借りることにした。写真を手に入れたことで、彼女の行方の謎を解く入口に踏み込むことができたような気がした。

クィーンズアカデミーでアシスタントをしているマーニーに電話した。彼女は世田《せた》谷《が》《や》区の留学生会館に住んでいるといっていた。

内線につながって、「ハロー」と、女性が英語で応答した。マーニーだった。彼女の電話の声は少女のようである。

紫門は、ジュンの写真が手に入ったから渡したいが、いつがよいかときくと、今夜でもいいと答えた。

彼女は留学生会館への交通機関を丁寧に教えた。小田急線の駅を降りて、バスで五、六分だといった。

彼はそこを訪ねることにした。目の大きい彼女の浅黒い顔を頭に浮かべながら、電車に乗った。

彼女のいる留学生会館は閑静な場所にあった。木立ちのある庭を入ると、

「紫門さん」

と女性の声がかかった。マーニーは玄関を出て彼の到着を待っていてくれたのだった。

彼が頭を下げると彼女は、合わせた両手の拇指を鼻に当てるようにした。昼間もそ

うだったが、親しみのある笑顔を向けた。

会館の中には談話室があった。西欧の人らしい長身の男が三人、テーブルを囲んで話し合っていた。マーニーは彼らにも挨拶した。

ここには世界各国からきている留学生が生活しており、なかには家族できている人もいるという。

紫門は、茶封筒からジュンの写真を出して、マーニーのほうへ向けた。

「きれいな人」

彼女は写真を手に取る前にいった。五枚を見おえると、タイ北部の出身者だろうという。北部の人は、肌の色が比較的白いし、顔立ちがととのっている。南部よりも働く場所が少ないから、バンコクやパタヤなどへ出てきている人も多いという。

「この写真があれば、知っている人が見つかると思います。あした、何人かにきいてみます」

彼女は写真から頭を上げると、またにっこりとした。マーニーの目も美しかった。

紫門は、自動販売機でジュースを二本買い、一本を彼女の前へ置いた。

「ありがとう。あなた、優しいですね」

彼女は艶のある髪に手を当てた。

ジュースの栓を開けた彼女は、思いついたといって椅子を立つと、部屋の隅の電話を掛けた。
五、六分すると、髪の長い女性が入ってきた。肌は浅黒いが、顔立ちは日本人に似ていた。タイからきてここに入っている留学生だと、マーニーが紹介した。
その人にジュンの写真を見せた。マーニーは紫門には、まったく意味の分からない言葉で写真を説明した。髪の長い女性は、ジュンの写真を見ていたが、知らない人だと答えたようだった。

マーニーに、写真を二枚あずけた。

5

紫門は「民宿」で、石津が朝食を摂りながら拾い読みした朝刊を広げた。

社会面の左隅の「少女襲われる」というタイトルの記事を読んでいた紫門は、「あっ、この人は……」と声を上げた。

「一鬼さんの知っている方なの?」

石津の母親の彰子がきいた。

「会ったことはありませんが、気になっている男の娘だと思います」

「まあ、襲われるって、どんなことなの?」

「暗がりで頭を殴られたんですね」

紫門は彰子にきかせるために、声を出して記事を読みはじめた。

「お前は、結構なご身分だよ」

石津は巨体を揺らすようにして勤めに出ていった。

事件記事はざっとこうなっていた。

——昨夜九時ごろ、豊島区要町の路上で、学習塾から帰宅する途中の安達のぞみさん（十四歳）が、何者かに石のようなもので頭を殴られて倒れた。近所の人の一一九番通報で彼女は救急車によって病院に収容されて手当てを受けた。警察では通り魔による犯行の可能性があるとして目撃者をさがしている。犯人は、手拭《てぬぐい》のような布に石を包み、それを振り回して頭に当てたもよう——。

被害者の安達のぞみの自宅と被害を受けた場所は、約二〇〇メートルの近さと書いてあった。

被害者は安達圭介の一人娘だろうと紫門は直感した。

安達は妻枝里子と約二年前から別居している。一人娘と同居しているのは枝里子で、彼女は池袋の商事会社に勤めている。

紫門は一昨日、彼女を勤務先に訪ね、剱沢雪渓で拾われたブルーのザックと、それの中身の写真を見てもらったのだった。彼は、夫の安達の物ではないかときいたのだが、彼女は見覚えがないと答えた。

　彼は、彰子と話しながら朝食を馳走になっていられなくなった。

「朝からそんな食べ方をして、毒ですよ」

　彰子はいったが、紫門は焼いた塩鮭をご飯にのせると、お茶を掛けて一杯食べ、もう一杯には梅干しの大きいのをのせ、これにもお茶を注いで流し込むようにして食べおえた。

「お昼は、ちゃんとした食事をしてね」

　彰子は実の息子の石津にもこんな注意をすることがあるのだろうか。少なくとも紫門はきいたことがない。

　紫門は安達枝里子とのぞみの住所の近くの花屋へ行った。この前、安達と家族のことを話してくれた女主人に会った。

　新聞に載っていた被害者は、やはり安達の娘ののぞみだった。

「のぞみちゃんが通り魔に頭を殴られたのは、この先です」

　前掛けをした女主人は、道路の角を指差した。ゆうべもけさも刑事がきて、犯人らしい人間を見なかったかと、この付近の家を片っ端から聞き込みしているという。

「安達さんの隣りの奥さんが、けさ病院へ行って、のぞみちゃんのお母さんに会ってきたんです。傷は大したことはないけど、ショックが大きいらしくて、まだ意識がはっきりしないということです」

病院には安達がきていたし、親戚の人もいたという。

最寄り駅へ向かって歩いていると携帯電話が鳴った。嫌な予感がした。相手が小室主任なら、遭難救助に出動せよという緊急連絡だ。

電話機を耳に当てると、「紫門さんですか?」と女性が呼びかけた。

ゆうべ会ったタイ人のマーニーだった。

「写真の人、知ってる人がいました」

彼女はいった。

さっき、外国語スクールへ出てきて、何人かのタイ人の生徒にジュンの写真を見せたところ、この女性は高田馬場の「ICスクール」に通っていたと答えた人がいた。そこでマーニーはICスクールへ行って写真を見せた。受付の女性は、たしかに日本語を習いにきていたが、去年の十月、予告もなく出席しなくなり、その後なんの連絡もないといった。ジュンの本名は「ナタヤ」であることが分かったという。

紫門は、マーニーに会うことにした。

彼女は彼を見ると白い歯を見せて駆け寄ってきて、手を合わせた
「ICスクールには、午後一時から、タイ人の生徒が何人もきます。その中に、ナタヤと一緒に勉強していた人がいます。その人にきけば、彼女のこときっと分かると思

います」

「ありがとう」

「よかったですね」

マーニーは、ジュンの写真を返してよこした。ＩＣスクールが入っているビルの地階には、有名な登山用具店がある。東京にいるころ彼はこの店で山靴やザックを買ったものだ。ヒマラヤの山をやりたくて、学生時代この店でアルバイトをし、卒業後正社員になった堀込《ほりごめ》という後輩がいる。堀込は日本山岳会が派遣したエベレスト登山隊の一員として、登頂をはたしている。その後もヒマラヤの山に何回か挑戦し、そのたびに彼の名は新聞や山岳情報誌に載ったものだ。

紫門はあとで堀込に会うことにし、先にＩＣスクールを訪ねた。

マーニーが受付係の女性に頼んでおいてくれたから、彼女は紫門が訪れることを知っていた。

「いま授業中です。三時に終わりますので、十分ぐらい前にいらっしゃってください。あなたのことはタイの人たちに伝えてあります」

彼女はそういって、ナタヤはいったいどうしたのだろうかと顔を曇らせた。

ジュンがここへ通うようになったのは去年の一月だった。

「初めは、ほんのいくつかの日本語の単語しか知りませんでした。たいていの生徒は週三回の授業に出ていますが、彼女は早く覚えたいといって、週五回きていました。日本人となんとか会話ができるようになったところでしたのに……」

彼女は、ナタヤは帰国したのでなく、深刻な事情ができたのではないかと思うといった。

ナタヤと一緒に勉強していた人たちも気にかけ、連絡はないかと、職員の彼女にたびたびきいたという。

「けさ、マーニーさんから写真を見せられて、びっくりしました。生徒にきいて、ナタヤさんの消息が分かるといいですね」

彼女も心配する表情を見せた。

紫門は三時前に再訪問することにし、地階の登山用具店へ下りた。皮革の匂いがした。入口近くに山靴のコーナーがある。

堀込はザイルの売場にいた。

「先輩」

彼は紫門を見て高い声を出した。ほかの店員が振り向いた。彼は店長に紫門を、北アルプスの救助隊員だと紹介した。

堀込の顔は、紫門に負けないくらい陽焼けしていた。

ききたいことがある、と紫門がいうと、堀込は「こんなところしかありませんが」

といって、山靴修理の作業場へ案内した。そこには履き古された山靴が並んでいた。爪先や踵がすり減ったり、靴底のはがれたものばかりである。山登りをする人はことのほか靴に気を遣う。新しいものより履き馴れた靴のほうが安心感があるから、なかなか捨てようとしないのだ。

椅子にすわった紫門は、茶革が白っぽくなった一足を手に取った。冬山用の二重靴だ。氷雪を何年も踏んできた人が、新しいのに買い替えようかと迷ったあげく、修理に出したものにちがいない。

「その靴を履いている人は六十歳です。今年の二月、二人で黒部の山を歩いたそうです」

堀込がいった。

「六十になっても山歩きができたらいいな」

紫門は、爪先がささくれ立った山靴を撫でた。

紫門は、去る五月十二日、剱沢雪渓で拾われ、剱山荘に届けられたブルーの古いザックのことを話し、写真を見せた。

「ザイルを持っていたんですね」

「それなんだよ。雪が解けたから登山者の目にとまったんだ。内容物から見て冬山をやっていた人の物じゃない。クライマーでもない。そういう人がなぜ二〇メートルのザイルを背負っていたかを考えているんだが、君はどう思う？」

「年配の登山者じゃないでしょうか。登山というとどんな時季でも、ピッケルと補助ザイルを携行する人がいます。かなり古い登山用具ガイドブックには、夏山でもピッケルとザイルを必携品と書いてあるのがあります。登山経験を積めば、そういう用具が不必要なことを知りますが、若いころに登ったきり、何年も登っていない人がよく過剰な装備をしているじゃないですか」

「そういえば、去年の夏、北穂《きたほ》の登りで動けなくなった五十代の人が、冬山で使うような物まで背負っていたな。その人は荷が重すぎて参ってしまったんだ」

「ピッケルやザイルよりも、セーターか厚手の下着を一枚余分に持つほうが賢明なんですがね」

紫門はうなずいた。

「もうひとつ気になることがある。五月十三日に、四十五歳の男が剱本峰を目前にして転落して死亡した」

「新聞で見ました。たしか同行者も同年だったんじゃなかったでしょうか？」

「そうだ。その同行者はザックにザイルを入れていた。遭難者の救助に協力した登山者がザックの口からのぞいたザイルを見ている」

「ザイルを持って登る人はけっこういるものなんですね」

「そうじゃない。登山道を登降するのに、なにかの目的があって、ザイルを携行していたんじゃないかという気がするんだが、どうだろう?」

紫門は堀込の細い目にきいた。

「失礼します」と女性がいって、コーヒーを運んできた。紫門は礼をいった。店長が気を利かせたようだ。

「考えられることは、岩壁の登降ですね。その人は、ハーケンとかフィフィなんかを持っていましたか?」

「それは分からない。ザイルしか見なかったというんだ」

「ザックには登攀用具を入れていたんじゃないでしょうか。たまたまザイルがザックの口からのぞいただけじゃないでしょうか。……先輩は、同行者の男になにか不審を抱いているんですね?」

「転落死を疑問視しているんだよ。彼はクサリ場を通過したところで転落している」

「つまり、クサリが必要な最も危険な場所を抜け、両足だけで立ったとたんに落ちたということですね?」

「そのとおりだ」

「落ちたところは何十メートルも切り立っていますか?」

「登山道から約八メートル下に岩棚《テラス》が突き出ている。遭難者は、その岩棚にバウンドして、もう一段下の岩棚まで落ちて死亡したんだ」

「登山道から八メートルの落差……」

堀込はもちろん、剱岳へ何回も登っている。遭難現場と、眼前に立ちはだかるようにそびえる岩峰を頭に思い浮かべているようだったが、

「転落した人は、ザックを背負っていたでしょうね？」

と、肩に手を当てた。

「背負ったまま死亡していた」

「ザックを背負ったまま、八メートル転落した……。生死はぎりぎりといったところですね」

確実に死亡するとはかぎらない落差だと堀込はいうのだった。

岩場での転落事故だが、ザックを背負っているかいないかで、生死が岐《わか》れた例がある。から身なら全身打撲で死亡したはずだが、背中にザックがあったため、クッションの役目をして骨折しただけで助かったケースがあるのを紫門も知っている。

紫門は、去年の十月六日に剱御前小屋の前に置いた一人の登山者のザックが神隠しに遭ったように消えた事件も話した。

堀込は、腕組みしていたが紫門の話を考えてみるといった。

ＩＣスクールを訪ねる時刻が近づいた。

五章　単独生還

1

ＩＣスクールで日本語の会話を習っているタイ人のうち、ソムサクという男性がナタヤをよく知っていた。彼は彼女の愛称が「ジュン」であることも知っていた。彼は会話を習う時間帯がジュンと同じだったといった。

紫門はソムサクを高田馬場駅に近い喫茶店へ連れ出した。

ソムサクはアユタヤの出身で、バンコクで働いていたが、日本にいる知人を頼って、去年の二月来日した。スクールにほど近い百人町《ひゃくにんちょう》のレストランで働きながら、雇い主に理解を求めて週五回、会話を習いに通っているのだと語った。

彼は浅黒い顔の鼻の下に髭を生やしている。二十四歳だというが、いくぶん老けて見えた。

「ジュンは、私より、一月早くスクールに入ったといっていました」

彼の日本語はまだたどたどしい。

「ジュンさんは、なにか仕事をしていましたか?」

紫門はきいた。

「日本語がうまくなったら、働くといっていました」

仕事を持っていなかったということだ。

ソムサクはジュンの境遇をある程度知っていた。彼女からきいたのだという。

彼女は、タイ北部の都市チェンマイの生まれで、六歳のとき両親の離婚を機にバンコクに転居した。家族は、母親に姉二人だという。

ソムサクは来日してから一度、バンコクに帰った。そのとき友人にジュンのことを話し、一緒に撮った写真を見せたところ、友人は彼女を知っていた。彼女はバンコクの日本人観光客相手のクラブに所属していたといわれた。

「クラブ……。それは酒場ですか?」

紫門はきいた。

「日本の酒場とは違います」

「というと?」

「ホステスのほとんどが売春します」

「彼女もそれを仕事にしていたんですか?」

「私の友人は、そういっていました。お客は日本人です」

紫門は、バッグに入っているジュンの顔を思い浮かべた。大きな瞳は澄んでいた。荒《すさ》んだ雰囲気は微塵も感じられなかった。

「あなたは、彼女が所属していたクラブを知っていますか？」

「知っています。有名なクラブですから。私は行ったことありませんが」

そこは「白百合《しらゆり》」という店だという。

「日本語の名をつけているんですか？」

「紫門さんは、タイへは行ったことないですね？」

「ありません」

「日本語の名をつけている店、たくさんあります。東京駅という名の店もあります」

一時、日本の大手企業が低賃金の労働力を求めて、こぞってタイへ進出したことや、現地に住むようになった日本人がかなりいることや、観光やゴルフに行く人が多いことぐらいは紫門も知っている。

ソムサクの話だと、バンコクには日本のデパートも進出しているという。

紫門は、八〇〇〇メートル級の高峰を持つ中国やインドやネパールには関心を持っているが、タイについてはほとんど無関心だった。以前、機械メーカーに勤めているころ、タイへ出張した同僚がいたが、現地の情報に耳を傾けたことはなかった。

「あなたがジュンさんに最後に会ったのは、いつでしたか？」

肝心なことに話を戻した。

「去年の十月初めごろです」

「スクールで？」

「そうです。彼女は、買い物をしてきたといって、大きな袋を持っていました。勉強が終わってから、この近くの店で、おそば食べました」

そのとき彼は彼女に、なにを買ってきたのかをきいた。彼女は袋から、赤いザックと赤いジャケットを出して見せた。旅行でもするのかときくと、近日中に高い山に登るのだと答えた。

「どんなザックでしたか？」

紫門がきくと、ソムサクは三〇センチぐらいに手を広げた。デイパックではないということが分かった。ジャケットの形をきいた。赤色ということしか覚えていないといった。

「なんという山に登るのか、ききましたか？」

「忘れました。私は、日本の山で知っているのは、富士山《ふじさん》だけです」

「ジュンさんが、山へ一人で行くわけはないですね？」

「誰かが連れていってくれるといっていました」

彼女を高い山に案内するといったのは誰だろうか。

「彼女を山に連れていくといったのは、男の人だったでしょうか？」

「分かりません。ジュンは前から、雪を見たいといっていました。彼女が初めて東京にきたとき、少し雪が降ったけど、すぐになくなったといっていました。雪がたくさんあるところへ、行きたいといっていました」

十月初旬に雪が降ったり積もっている場所といったら、高い山だ。

紫門はバッグから写真を出した。富山、長野両県の山岳遭難救助隊が合同訓練を変更して、ブルーのザックが拾われた剱沢雪渓を捜索したさい、赤のナイロン製ジャケットを発見して掘り出した。胸のポケットだけが黄色である。その写真をソムサクに向けた。

彼は写真を手にしてじっと見てから、こういう感じのジャケットだったと答えた。

「このジャケットは、富山県の剱岳という高い岩山の麓《ふもと》にある雪の中から見つけたものです。明らかに女性用です。これを着ていた人は、去年の秋、その山の近くで着替えようとしていて、風に飛ばされ、拾うことができなくなったのでしょう。まもなく雪が降ったため、埋まってしまったが、五月になって雪が解けだしたから見つけることができたんです」

紫門がいうと、写真のジャケットはジュンが着ていた可能性があるのかとソムサクがきいた。

「彼女が剱岳へ登ったのだとしたら、その可能性が考えられます」

「ジュンが着ていたのだとしたら、彼女はどうなったと思いますか？」

「ジャケットを失くしたからといって、遭難したとはかぎりません。高い山は気温が低いからセーターや、その下に着るシャツを何枚も持っていきます。そういう物を持って出発しなかったとしたら、心配ですが」

紫門はソムサクに、ジュンの友人を知っているかときいた。が、彼は知らないと答えた。

ジュンは観光ビザで来日したらしい。すると三カ月しか滞在できない。継続して日本にいることはできないから、何度かタイへ帰ったのだろうかときいてみた。

するとソムサクは、たとえば韓国などのように日本から近い国へいったん出国し、また来日する。タイへ帰るより安上がりだから、それをしている外国人は多いのだといい、たぶんジュンもそうしていただろうという。

北新宿のジュンの部屋へは、ときどき日本人の中年男がやってきていた。彼女はその男の愛人だったと思われる。経済的な援助を受けていたから彼女は働く必要がなかったのだろう。だが解《げ》せないのは、去年の夏、江崎が彼女の写真を手にして、歌舞伎町のクラブへホステスとして斡旋しようとしていたことだ。彼女の部屋を訪ねていたのは江崎だったのだろうか。彼なら登山をする。去年の十月、雪を見たいというジュンを、高い山へ連れていくことは可能である。

紫門らの救助隊が剱沢雪渓で見つけて掘り出した赤いジャケットは、ジュンが着ていた物だったのだろうか。彼女は、ソムサクに高い山に登るといった数日後から、ＩＣスクールへこなくなった。

彼女が無断欠席しはじめたのは何日からだったか、これを確認する必要があった。

紫門とソムサクは、別れぎわに握手した。

「ジュンのこと、とても心配です」

ソムサクは眉を寄せた。

紫門は、手を尽くしてさがすが、彼女のことでなにか情報が入ったら連絡してもらいたいといって、携帯電話の番号を教えた。

ＩＣスクールへ戻った。ジュンが去年のいつから欠席しているかを確かめてもらいたいと頼んだ。

受付の女性は出欠表を調べた。ジュンは去年の十月三日に出席したあと、来週いっぱい欠席すると告げた。一週間経過したがなんの連絡もない。スクールでは自宅に電話した。だが通じない。そのため、自宅宛に文書を送ったが、それに対する応答もないという。

「ジュンさん、いや、ナタヤさんの消息については不明ですが、ソムサクさんの話は参考になりました」

紫門は彼女に礼をいった。

2

小室主任に連絡した。ジュンが去年の十月三日、外国語スクールに出席し、翌週いっぱい欠席することを告げていることを話した。

「その前に彼女は男の生徒に、近日中に高い山に登るといったんだな?」

「誰かに連れていってもらうといったそうです」

「彼女は十月四日に、山行に出発したことが考えられるな」

「ぼくもそう思っています」

「彼女の山行地は劒だとみているんだろ?」

「そんな気がします」

「真夏の登山じゃないから、山小屋を利用しているだろうな?」

「十月四日に出発したとしたら、その日のうちに室堂まで入っているでしょうか?」

「それか、大町に一泊して、次の日に劒周辺の山小屋に泊まっているかだな」

「四日に室堂まで入ったとしても、五日には劒周辺の山小屋に泊まっているでしょうね？」

紫門は、室堂と劔周辺の山小屋へ問い合わせしてみてもらえないかと頼んだ。ジュンを連れていったのは男だろう。カップルで泊まった登山者は何組もいるだろうが、女性が外国人というカップルは少ないはずだ。もしも日本人だと偽って宿泊しても、顔立ちや言葉で偽称が露見してしまう。そう考えれば宿泊カードには外国人だと正直に申告していそうな気がする。

「分かった。上市署の青柳さんに話して、調べてもらう」

あすじゅうには分かるだろうと小室はいった。

豊科署管内の山岳地では救助隊が出動するような事故は起きていないようで、紫門はほっとした。


まだ三也子に、ジュンの写真を見せていなかった。

いつものように渋谷の小料理屋で会った。

「きのうときょうで、収穫があったみたいね」

カウンターに並ぶと三也子はいった。紫門の顔を見ればそれが分かるという。

きのう、ジュンの写真を江崎の妻から借りたことは電話で伝えてある。

三也子はビールを一口も飲まないうちに、写真を見たいと少女のようないい方をした。

「まあ、可愛い人ね」

彼女はジュンのモノクロ写真に見とれた。

彼女の声をきいた女将が、カウンターの中から背伸びした。

「見せてもいいわよね」

三也子はいって、女将に写真を渡した。

「どこの国の人ですか？」

女将も写真に見入った。

タイの人だと紫門がいうと、べつの国の人のようだといった。

タイの人は丸顔が多く、頬が高くて鼻が張っている。日本人よりも目の間隔が開いているのが特徴だという。ジュンは目の間隔がせまく、大きな目がくぼんでいる。いわゆる彫りの深い顔立ちなのだ。三也子は、ラテン系の女性に似ているといった。

紫門は声を落として、去年の十月、ジュンは剱岳かその近くの山へ、男と一緒に登っているのではないかと思うといった。

「どういう根拠から、そう思うの？」

「彼女は山行に出る数日前、赤いザックと赤いジャケットを買ってきて、それを外国語スクールのクラスメートに見せているんだ」

「あなたたちが剱沢雪渓で発見したジャケットは、彼女が着ていた物じゃないかっていうのね？」

「写真でも分かるように、あのジャケットは新しかった。彼女は買ったばかりのジャケットを着ていった。去年の雪が積もる前にあのジャケットは雪渓に舞い落ちたものだ」

「ということは、十月よね。ブルーのザックもそのころに雪渓へ落としたとみていいわね」

「そのとおりだ。彼女の同行者の物ということもある」

「それなら、彼女と、同行の男性は、剱岳の付近で亡くなっているんじゃないかしら？」

三也子は低い声で話した。

「そうも思える。そうだとしたら、同行の男の家族か関係者から捜索願いが出されるはずだよ」

「日本人ならね」

「タイの人だっていうのかい？」

「彼女は同じ国の出身者と登ったかもしれないわ」

「そうだとしても捜索願いは出るよ。ジュンとまったく同じような生活環境ということはありえないだろうからね」

「心中は考えられないかしら？」

「山で心中か……」

「まったくないとはいえないと思うの。……二人は劔岳付近の人目につかない谷に飛び込んだ。だから遺体が発見されない……」

珍しく彼女は、夢でも語るようにグラスを持ったまま話した。

「それにしても、捜索願いが……」

「一年ぐらい住まいをあけても、ヘンだと思われない環境に住んでいる人はいると思うわ。ジュンという女性は、死ぬつもりだったから、働かなかったんじゃないかしら？」

「そういう人間が、日本語の会話を習ったり、スクールを一週間欠席するなんて断わるだろうか？」

「分からないことばかりね」

彼女は、手に持った泡の消えたグラスにいった。

紫門は、昼間ソムサクからきいたジュンの素姓を三也子には話さなかった。話してしまったら、写真を見て可愛いといったジュンの清々《すがすが》しさと艶が、失われていくような気がした。

小室主任からの連絡は意外なほど早く入った。上市署の青柳に、きのうの紫門の要請を伝えておいたから直接電話するようにといわれた。

青柳は紫門の電話を待っていたように、すぐに応じた。

「去年の十月五日、紫門さんの調査対象と思われるカップルが、剱沢小屋に一泊しています」

青柳はいって、宿泊カードの記述を読んだ。

〔男、曾根三樹夫（四十四歳）　住所＝神奈川県藤沢市鵠沼海岸　女、順子《じゅんこ》・カレラ（二十歳）　住所＝東京都杉並区阿佐谷北《あさがやきた》〕

二人の登山計画は、十月六日剱岳に登り、同日室堂へ下山、となっているという。

剱沢小屋の主人がこの一組のカップルを記憶していたのは、「順子・カレラ」という女性が明らかに日本人でなく、あまりに美しく魅力的だったことと、片言の日本語を話していたことだった。外国人の登山者は珍しいことではないが、彼女の話し方もしぐさも愛くるしく、強く印象に残ったからだという。

「剱沢小屋の主人に、二人の服装やザックの色をききましたが、そこまでは覚えていないということです。記憶しているのは、男は山に慣れているようだったことと、女性は初めてらしく、六日の早朝、山小屋の主人や従業員に見送られると、嬉しそうに手を振って出発したといっています」

「そのカップルの女性は間違いなくタイ人のジュンです。なぜそれが分かるかといいますと、彼女が去年の十月初めまで住んでいた北新宿のマンションを借りるために契約した男の名が、『曾根三樹夫』だったんです。しかしその氏名は偽名のようです。契約書にも藤沢市の住所を記入していますが、そこに居住該当がありません。それから宿泊カードにある『順子・カレラ』の住所ですが、それはマンションを借りるさいの身元保証人の住所と同じです。そこにも保証人名の居住該当がありませんでした」

「では、宿泊カードの記述は、すべてでたらめといえますね？」

「二人の年齢だけが実際に近そうです。歳だけは大幅に偽ることができませんからね」

「宿泊カードに記入したのは男です。その男が、あるいは二人には、山小屋に偽名や偽の住所で泊まらなくてはならない理由があったんでしょうね？」

「私は、犯罪の匂いを嗅いでいます。女性にでなく男のほうにです。曾根と名乗った男が、彼女に隠れて勝手なことを書いたんでしょうね」

「紫門さん。もう一つ情報があります」

青柳は口調をあらためた。

紫門はボールペンを握り直した。

「曾根三樹夫と順子・カレラが剱沢小屋を出発した十月六日の午後六時ごろ、外国人の若い女性が、剱御前小屋へ倒れ込むように入ってきたんです」

去年の十月六日の午後三時ごろ、中田という登山者がザックを盗まれた山小屋である。

「午後六時というと、山小屋に着くには遅い時間ですね」

「劔御前小屋の主人と従業員は、その女性を部屋の布団に寝かせました。彼女は手や足にいくつものすり傷を負っていましたので、手当てしました。主人が、どうしたのかとか、同行者はいたのかときいたんですが、首を横に振るだけでした。名前をきいたところ、『ナタヤ』と答えただけで、ほとんど日本語が通じない。手当てをされているあいだ彼女は、『だいじょうぶ、だいじょうぶ』と繰り返していました。負傷は大したことがなかったので、食事をさせて寝《やす》ませた。次の朝は元気を取り戻し、『ありがとう。だいじょうぶ』といい、朝食を食べたということです」

「ナタヤは、ジュンの本名です」

「そうですか。では、前の日、劔沢小屋に曾根という男と一泊した女性はジュンだったんでしょうね?」

「間違いないでしょう。七日の朝、ジュンは自力で下山できたんでしょうか?」

「山小屋では、従業員の一人が室堂まで送ろうかといったそうです。彼女は一人で大丈夫だといって、宿泊料を払おうとしたのですが、主人は受け取らなかったといっています」

彼女は、山小屋を出て下山するパーティーのあとについて下っていったという。

「言葉の満足にできない若い外国の女性が、単独で山小屋に泊まるなんて、めったにないことですから、剱御前小屋の主人は、よく覚えていたんでしょうね？」

「初めてということでした。三年前、ニュージーランドからきた学生の三人パーティーが、山中でバラバラになり、剱山荘と剱御前小屋へべつべつに着くという事故がありましたが」

「剱御前小屋では、ジュンの服装を覚えていましたか？」

紫門はペンを走らせながらきいた。

「赤いザックを背負い、セーターの上に黄色の薄いヤッケを着ていたということです。もし径に迷って、山中で一晩過ごすことになったら、凍死の危険があっただろうといっています」

紫門は礼をいって電話を切ると、たったいま青柳からきいたことをノートに整理した。

剱沢小屋の宿泊カードに、曾根という男が記入した電話番号もでたらめだろうと思ったが、掛けてみた。予想どおりその番号は使われていなかった。同じカードに記入された順子・カレラの住所の電話に出たのはまったく別人だ。

曾根三樹夫と順子・カレラ――彼女はジュンにちがいない――は、十月六日の早朝、剱沢小屋を出て剱岳に向かったが、その途中で離ればなれになったのだろう。それとも曾根は岩場から転落して行方不明にでもなったのか。

六日の夕方、剱御前小屋に倒れ込むように入ったジュンは同行者がいたことも、前夜泊まった山小屋のこともいっさい話さなかったという。それはどうしてなのか。彼女が同行者の男を、断崖から突き落としたとでもいうのなら納得できるが――。

きのう会ったソムサクの話によると、去年の十月初め、ジュンは赤いザックと赤いジャケットを買ってきて、それを彼に見せている。だが、十月六日の夕方、剱御前小屋へすり傷をいくつもつくって入ってきたナタヤという女性は、セーターの上に黄色い薄い生地のヤッケを着ていたという。買ったばかりの赤いジャケットを、彼女は山中で失くしたようである。

剱沢雪渓で紫門らが発見して収容した赤いジャケットが、彼女の物だった可能性が濃厚になった。

十月六日といったら、剱御前小屋の前に置いた登山者のザックが盗まれた日である。

3

紫門は、きのう訪ねた堀込のいる登山用具店を思い出した。

ジュンが日本語を習いに通っていたＩＣスクールが入っているビルの地階である。

彼女は地階に登山用具店があるのを知っていただろう。誰かに高い山へ連れていってもらうことになった。ソムサクの話だと、彼女はかねてから雪を見たいといっていた。それを誰かに話した。きいた人はすぐに高い山を思いついた。

彼女から話をきいたのは曾根三樹夫という男だろう。たぶんジュンを愛人にしていた人間だ。

曾根は山に慣れていた。剱岳には何度も登ったことがあったのではないか。剱には夏でも解けない雪渓がある。ジュンの希望をかなえてやろうと剱岳へ案内することにした。

ジュンのほうには山の知識がない。そこで彼は、登山に必要な装備を買い与えることにした。それを話すと彼女は、通っている外国語スクールのあるビルの地階が登山用具店だったといった。

ジュンと男は、その店で山具を選んだのではないか。

紫門は二日つづきで堀込を勤務先の店に訪ねた。剱沢雪渓で雪の中から堀り出した赤いジャケットの写真を見せた。堀込はウェア売場へ紫門を案内した。女性の店員が写真を手に取った。

「うちでは扱っていない物です」

彼女はそういって、写真を返してよこした。

百人町にもう一軒有名なスポーツ用品店がある。その店も山具をそろえていることでは知られている。

紫門は、その店へ行きウェア売場でジャケットの写真を見せた。

「これが同じ品物です」

女性店員はいって、彼をジャケットのコーナーへ案内した。

はたして写真と同じジャケットが何着もハンガーに掛かっていた。ポケットが四つあり、胸の二つだけが黄色だった。劔沢雪渓で発見したのとまったく同じ品物だった。

サイズはMとSだった。男女の区別はないが、色と柄とサイズから、買う人は女性だと店員はいった。

去年の十月初めごろ、この人がこのジャケットを買ったと思うがといって、ジュンの写真を見せた。

「きれいな人ですね」

店員はそういったが、ジャケットを買った客かどうかの記憶はないと答えた。

曾根という男は、ジュンをこの店へ案内して山具を買い与えたような気がする。なぜＩＣスクールの地階で買わなかったかというと、ジュンのクラスメートに会うのを嫌ったからではないか。曾根という男は、ザックとジャケットを買う前に、軽登山靴も彼女に買い与えているような気がする。

ジュンが住んでいた北新宿のマンションは歩いていける距離だった。

そこの六〇二号室の主婦に会いにいった。

「あれから六〇六号室へは、誰かきたようですか？」

彼はきいた。

「分かりませんが、ベランダに洗濯物も出ていないし、夜も電灯がつきません」

紫門は、駅で買ってきた新聞を彼女に見せ、これを六〇六号室のドアポストに差し込んでおくが、新聞が何日に引き抜かれたかを覚えておいてもらえないかと頼んだ。

「それだけでいいんですね？」

彼女は彼の顔を見上げた。六〇六号室を観察していてくれといったら、断わるつもりだったのではないか。

紫門は、部屋の契約者の曾根三樹夫が生存しているか否かを調べたかったのだ。ときどきポストに差し込まれる広告などを引き抜いているのは、曾根という男ではないかと推測したのである。きょう差し込んでおく新聞がなくなったとしたら、去年の十月、ジュンを連れて剱岳へ登った曾根という男は、生存しているものとみてよいだろう。

マンションの家主である電器店へ寄った。この前、ジュンが住んでいた部屋を検べたさい、タイ語を書いたノートとメモ帳を、警官はコピーして持っていった。なにが書いてあったか警察から連絡があったかを家主にきいた。

「タイ語でしたが全部、日本語の単語だったということです」

家主は答えた。

警察では、ジュンが犯罪に関係していなかったかとにらんで、メモの内容を分析したことだろう。メモは彼女の自習ノートだったのだ。

紫門はジュンの行方が気になってしかたがない。彼女は去年の十月七日の朝、剱御前小屋を出ていった。たまたま室堂へ下るパーティーがいたので、そのあとをついていったという。パーティーは室堂から大町へ向かったのか、逆方向の富山へ出たのか。

彼は剱御前小屋へ電話した。上市署の青柳からナタヤというタイの女性のことをきいたと、主人にいった。

「十月七日の朝、ナタヤを誘導して室堂へ下ったパーティーの連絡先を知りたいのですが」

「彼女が無事、室堂へ着いたかどうかを知りたいんですね？」

主人はいった。

「室堂からどうしたかを知りたいんです」

「パーティーのリーダーは、室堂に着くと電話をくれました。彼女は元気だといってね。それから新宿に着いてからも、無事着いたと電話してくれました。それをきいて私はほっとしたものです」

念のために問い合わせるのならといって、主人はパーティーのリーダーの連絡先を教えてくれた。リーダーは渡辺《わたなべ》という男だった。

渡辺に電話が通じた。山岳救助隊員の紫門は、山をやる人たちとは話しやすかった。渡辺は、ナタヤのことをよく覚えていた。

「私たち四人は、剱御前小屋から彼女を囲むようにして室堂へ下りました。彼女は、怪我をした足が痛むらしくて、何回も休みを取りました。メンバーが背負ってあげようといったんですが、彼女は、『だいじょうぶ』と繰り返していました。我慢強い人でしたよ」

「みなさんと一緒に新宿まで帰ったそうですね？」

「ずっと一緒でした」

「なにか話しましたか？」

「日本語を習いにタイからきているとはいっていました。日常会話はできそうでしたが、バスの中でも列車の中でも、ほとんど口を利きません。それで怪我をしたところが痛むか、体調が悪いのではないかときいたんですが、『だいじょうぶ』というだけでした」

渡辺は、いつ入山したのかとか、単独だったのかときいたが、彼女は口を固く結んで答えなかった。信濃大町で列車を待つ間、レストランに入り、列車の中では弁当を買って与えたが、食欲はなさそうだった。

「私は彼女の表情を観察していましたが、なにか深い事情があったようです」

「どんな事情だと思いましたか?」

紫門はきいた。

「メンバーの一人は、もしかしたら、自殺でもするつもりで立山か剱へ登ったんじゃないかっていうんです。そういわれて見ると、そんな顔つきにも見えました」

「手足にいくつもすり傷を負っていたというのも、おかしいですね?」

「それについてもききましたが、答えてくれませんでした」

「山小屋のおやじさんは、セーターの上に薄い生地のヤッケを着ていたといっていましたが、十月の山にそんな服装で登るわけがありませんね?」

「彼女は厚い上着を着ていたが、山で失《な》くしたと、それだけは答えました」

「失くしたのは、どんな上着だったか、おききになりましたか?」

「いえ、そこまでは……」

「山靴を履いていましたか?」

「新品の軽登山靴でした。あのときの山行のために買ったようです。ザックも新品でした」

「ザックの色は赤でしたか？」

「ええ。比較的小振りのでした」

「彼女は帰りの旅費を持っていましたか？」

「キップは自分で買いました。食事代も払おうとしましたが、私たちがワリカンで負担しました」

「その女性の年齢は二十一歳のはずです。とても可愛い顔をしていたと思いますが？」

「化粧をまったくしていなかったし、とても疲れているようでしたが、目が大きくてきれいでした。細身でスタイルもよかったですよ」

ジュンに間違いないという感触を得たが、紫門は彼女の写真を見せずにはいられなくなった。

渡辺の勤務先は品川《しながわ》区だった。いつでも会えると彼はいった。

渡辺の勤務先は、金属部品を製造する小規模な会社だった。彼はところどころにシミのついた作業服姿で紫門の前に現われた。

「紫門さんを、どこかでお見かけしたような気がしますが」

彼は紫門の顔をまじまじと見つめた。

「お会いしたとしたら、夏の涸沢ではないでしょうか」

「そうです、涸沢です。私たちは去年の八月、涸沢に一週間テントを張っていましたから」

紫門はバッグからジュンの写真を出した。

「きれいに撮れていますね。あのときは、こんなにきれいじゃなかったけど、この人に間違いありません」

そういって渡辺は、写真をなかなか手放さなかった。

「去年の十月七日、彼女とはどこで別れましたか？」

「新宿駅です。私たちは駅ビルでお茶でも飲んでいこうと誘ったんですが、彼女は帰りました。別れぎわの彼女の顔を、私はよく覚えています」

「どんなふうでしたか？」

「ホームに降りて、お茶を飲もうと誘ったときから、彼女は泣いていました。『ありがとう』を繰り返して、涙をポロポロこぼしました。私たちと一緒だったことがよほど嬉しかったんでしょうね、各人に向かって、泣きながら手を合わせました。その姿を見て、私はもらい泣きしてしまいました」

渡辺はそのときを思い出してか、瞳をうるませた。

「彼女の住所をおききになりましたか？」

「新宿区内に住んでいて、電車を東中野《ひがしなかの》で降りるといっていました」

東中野駅が近いといったら、ジュンが以前住んでいた北新宿のマンションのことだろう。渡辺たちにはそういったが、彼女はそこへ帰らなかったのではないか。新宿駅で渡辺らの四人と別れた彼女はべつの場所へ行ったようだった。それきり彼女は、ICスクールへも顔を出さないし、そこで知り合ったソムサクたちとも連絡を取らなくなった。

「彼女はどういう境遇の女性ですか?」

渡辺はきいた。彼の目の裡《うち》には昨年十月七日の夕方、新宿駅のホームから泣きながら去っていったジュンの俤《おもかげ》が宿っているようである。

紫門は、タイから日本語を習いに来日したらしいとだけ答えた。

4

紫門は三也子に会った。ジュンは昨年の十月、剱岳かその付近の山に中年の男と一緒に登った。山中でなにかが起き、男と別れわかれになったが、単独で剱御前小屋にたどり着き、次の日、たまたま山小屋に宿泊していた渡辺らのパーティーとともに、無事東京に帰ったことを話した。

「心中ではなかったけど、一緒に登った男の生死も行方も不明ということね」

彼女は考えごとをするときの癖で、人差し指を顎に当てた。

「山中でなにがあったのか、曾根三樹夫と剱沢小屋のカードに書いた男がどうなったのかを知るのは、ジュンだけだ」

紫門は腕組みした。

「どうやったら、ジュンさんの居所をさがし当てることができるかしら？」

「バンコクへ帰ってしまっただろうか？」

「それも考えられるわね。去年十月、剱から戻ったその足で帰国するとは考えられないわ。彼女にはしばらく滞在できる場所が、東京にあったような気がするんだけど」

「彼女をさがし出したい……」

彼は思わずつぶやいた。

「バンコクに知り合いがいるといいんだけど」

「そうか。彼に当たってみよう」

彼は、以前勤務していた機械メーカーへ電話した。夜間だが居残っている社員はいるはずだ。

在職中彼が所属していた部署に掛けると、

「おお、紫門か」

と、先輩が応じた。

紫門は、いまでもバンコクに会社の出先機関があるかときいた。

「去年の夏、撤退したんだ。日本と同じで、タイのバブル景気も崩壊しただろ。進出している大手企業も生産を極端に縮小した。うちの社は営業の出張所だけだったけど、採算が取れないという見切りをつけて、引き揚げたんだ。タイにどんな用事があるんだ？」

先輩はきいた。

紫門は、人をさがしたいのだと答えた。

どうしてもさがさなくてはならないのなら、自分で行ってきたらどうだという。バンコクとその周辺には日本の企業が何十社もある。したがって日本人もいる。そこへ行けば、言葉の分かる適当な人を紹介してくれるだろうという。

紫門は、いまの先輩の話を三也子に伝えた。

「行ってみる気なの？」

「ジュンの実家へ行くか、近所でさぐれば、彼女が帰国しているかどうかが分かると思う。豊科へ帰って、小室主任に相談してみての話だけどね」

「主任は反対すると思うわ」

「なぜ？」

「他県警の管内で起きたことを、外国まで行って調べるのはどうかっていいそうな気がするの。それよりも、いままで調べて分かったことを詳しく報告書にして、富山県警へ提出するか、担当刑事に話せっていうと思うわ」

「いうだろうね、主任は」

彼はそういったが、「民宿」に帰ると、石津にも同じことを話してみた。

「そこまで調べておいて、そのあとを人手に渡すことはないじゃないか。もしかしたら、山で人が死んでいるかもしれないし、べつの事件が隠されていることも考えられるじゃないか。バンコクなら、日本語の分かる人はいるし、不自由はない。自分で行って、ジュンという女性のことを詳しく調べてくるべきだ。彼女は謎の多い人物だと思う」

紫門は石津に勇気づけられた。


紫門は翌日、豊科署へ帰った。小室主任に、これまでの調査結果を詳しく話した。

「剱へ男と一緒に登ったジュンが、一人で山小屋へ着いたのか……」

小室は、自分の吐いたタバコの煙を目で追った。

「すり傷をいくつも負って剱御前小屋に着いた彼女は、同行者がいたことも、山中でなにがあったかも話していないんです」

「渡辺たちのパーティーと新宿駅で別れた彼女は、それまで住んでいたマンションには帰らなかったような気がする。いったん帰って、それからべつの場所へ移ったのだとしたら、着る物や生活用品を持っていったと思う。……彼女は山で、曾根と名乗った男を殺しているんじゃないか。それで姿をくらましたんじゃないかな？」

小室は、紫門が出したジュンの写真を見ながらいった。

曾根が死んでいるとしたら、北新宿のマンションの家賃などは誰が振り込んでいるのか。それと、マンションへは誰かがときどきやってきているらしい。ドアポストに差し込まれる広告やチラシを持ち去る者がいるのだ。それは、部屋を使用しているというカムフラージュにちがいない。ジュンがやってきて、それをしているのだろうか。

「去年の夏、江崎有二はジュンの写真を持って、歌舞伎町のクラブに斡旋しようとしたよな」

「成功しなかったようですが……」

「それまでの彼女は、日本語を習いに通っているだけで、職業に就いていなかった。バンコクで売春していた女性が、日本へきて働いていなかったということは、生活を援助する人間がいたことになる」

「それが曾根だと思います」

「曾根は彼女を棄《す》てたくなった。それで江崎にクラブのホステスとして売り込んでくれと頼んだんじゃないか。曾根の心変わりをジュンは読み、彼を山で殺す計画を立て、高い山へ連れていってくれと頼んだ……」

「曾根が登山をすることを、彼女は知っていたから、それを利用したということですね」

「彼女は曾根の心変わりを知るまで信頼しきっていたし、命がけで惚れていたかもしれない。曾根は、バンコクへ何回も行っているうちに、ジュンと親しくなったことが考えられる。ひょっとしたら、バンコクにいる彼女の母親や姉たちに会っているんじゃないだろうか？」

「考えられますね」

「行ってこいよ、バンコクへ。費用はおれがなんとかする。君のにらんだとおりの事件で、それが解決したら、富山県警は調査に要した実費と褒賞金を出すだろう。ここまでやったんだ。途中で投げ出すなよ。タイなんて大した距離じゃない」

紫門と三也子の予想ははずれて、小室は石津と同じことをいった。

紫門は、北新宿のマンションの六〇二号室の主婦に電話した。きのう、六〇六号室のドアポストに差し込んでおいた新聞はどうなっているかをきいた。

「新聞は取り込まれていませんけさは差し込まれたままになっていたが、現在はどうか確かめてみるといった。」

主婦は答えた。

今度は江崎の妻光子に電話した。彼女は病院の事務局に勤めている。

江崎はタイへ行ったことがあるかと彼女に尋ねると、一度行ったことがあると答えた。それはいつかときくと、たしか一昨年の十一月だったといった。

「お一人で？」

「安達さんと一緒でした。安達さんはその前に何回か行っているということでした」

紫門は、江崎の写真を借りたいといった。

「いつおいでになりますか？」

彼女にいわれて彼は少しのあいだ迷ったが、今夜伺いたいといった。

彼女は、亡夫の写真を必要とする理由をきかなかった。紫門の調査目的を承知しているからだろう。

彼は自宅のアパートへ帰る前に、松本市内の旅行代理店へ寄った。明後日朝の成田《なりた》発バンコク行きなら、ディスカウントチケットがあるといわれた。それを買った。

帰宅したが部屋を掃除しているひまはなかった。四、五日滞在可能な夏物衣類を大きめのバッグに詰めた。パスポートの有効期間を確認した。

新宿へ午後七時前に着く特急列車に乗った。

紫門は、江崎光子と二人の子供の夕食が終わったころを見はからって訪問した。

光子は、江崎のアルバムを二冊テーブルに置いていた。

「一冊は最近ので、一冊は江崎がタイ旅行をしたときのものです」

彼女はアルバムを紫門のほうへ押した。

タイ旅行のほうから見せてもらうことにした。

高い位置から都市を一望したのが初めのページに貼られていた。「Eホテルからのバンコク市内の眺望」とメモがついていた。超高層ビルが何棟も天を衝いており、赤い屋根の寺院らしい建物も写っていた。びっしりと建物があるが、そのあいだに見える木立ちの緑の平和な都市の雰囲気を表わしていた。

「ワット・プラケオ（エメラルド寺院）」「王宮」「ワット・ポー（涅槃《ねはん》寺）」「ワット・アルン（暁の寺院）」「ワット・ベンチャマボピット（大理石寺院）」「ワット・サケット（黄金の山寺院）」を、さまざまな角度から撮っていた。濁った色をした広い川から岸辺の風景を撮ったのもあり、水上マーケットや、水上生活をする人たちや子供が写っているのもあった。

寺院の庭園や黄金の像の前に男が二人並んで、頰笑んでいた。一人は江崎だったが、横に並んでいるのは誰かと光子にきいた。

「安達さんです」

安達は、サングラスを掛けていたり掛けなかったりしていた。何日か滞在したらしく、あるときは黄色のシャツ、あるときは青いシャツ姿だった。

江崎のほうは飾り気がないらしく、ほとんどの写真はTシャツ姿で、黒いショルダーバッグを掛けている。

江崎と安達の顔がアップに写っているのを借りることにした。

もう一冊のほうは、取材のために、山や高原を歩いたときのものだった。それには安達の姿はなかった。

紫門は、江崎が持っていた写真のジュンについて分かったことを光子に話した。曾根と名乗る謎の男のことも話した。

彼女は首を右にやや傾げて、真剣なおももちできいていた。

彼がバンコクへジュンの消息を尋ねに行くというと、彼女と江崎がどんなふうにかかわっていたのだろうかと、不安げな表情になった。

「暑いところなんでしょうね？」

彼女は夫のアルバムを引き寄せた。

「最高気温は三十三、四度ということです」

「日本の真夏並みですね」

からだに気をつけて行ってきてください、と彼女はいって、開きかけたアルバムを閉じた。

六章　夜のバンコク

1

バンコクまで約六時間半を要した。乗客の八〇パーセントがたが日本人だった。ビジネスマンらしくスーツを着ている人たちもいたが、いかにも観光旅行と思われる気軽な服装の日本人が多かった。

時差は二時間。現地時間で午後二時三十分だ。

到着ゲートを出ると、むっとした熱気が肌をじめつかせた。

団体客を現地ガイドが出迎えている。

タクシー乗り場で、運転手に、予約しておいたホテル名をいった。運転手は、「分かった」と答えたのだろうが、紫門にはまったく通じなかった。

彼はきのう、新宿でソムサクに会って、バンコクの事情をきき、市の中心地にあるホテルの予約を頼んでおいたのだった。

タクシーが空港を出ると、紫門は目を丸くした。道路の大渋滞にである。道路幅は広いが、その中央で工事をしている。どうやらモーターウェイを建設しているらしい。両側のところどころに新しいガラス張りのビルがあるが、工事現場から出る砂塵と車の排気ガスとで空気が濁り、遠方はかすんでいた。走っている車のほとんどが日本車だった。日本企業の看板が目立った。

きのう、ソムサクは空港からホテルまでは三十分ぐらいだろうといっていたが、一時間あまりかかった。

Gホテルは高層だった。広いロビーは豪華である。ラウンジで悠然とビールを飲んでいる白人のカップルがいた。日本語の通じるスタッフがにこやかに彼を迎えた。外とは別世界で、寒さを覚えるくらい冷房が効いている。ダブルベッドが二つ並んだ部屋も広かった。

紫門は窓のカーテンを開けた。眼下の右手はビジネス街らしく大小のビルが並び、左手は繁華街のように見えた。繁華街の中央を広い道路が伸び、車が渋滞を起こしている。街はうっすらと埃で煙っていた。草原の中に高層ビルが建ちかけているが、建設機械もないし、作業員の姿も見えない。どうやら建設途中で工事は中断しているようである。

彼はシャワーを浴び、外出の支度をした。

ソムサクはクラブの「白百合」に行くには、なるべく早い時間がよいといっていた。

夜になると客で混雑するからだろう。

フロント係に、「白百合」への地理をきくと、にやりと笑って、地図に印をつけてくれた。その意味は店に着いて分かった。

そこはホテルから歩いて十分ぐらいだと教えられた。歩道は傷んでいた。ところどころで埋めてあるブロックが落ち込んで穴があいたようになっている。幌つきの三輪車が客を乗せて走っているし、客を乗せるバイクもあった。空気が埃臭い。

地図を見て角を右折した。急に街のようすが変わった。派手な服を着た若い女性が立っている店が何軒もある。

「白百合」は目立つ場所にあった。ドアの赤いガラスに白字で店名を入れていた。紫門を見ると、「いらっしゃいませ」と男がいった。一見して日本人と分かったのだろう。ソムサクに教えられたようにマネージャーを呼んでくれといった。

「私です」

挨拶をした男だった。四十歳見当だ。

曇りガラスの衝立の奥が客席だったが、客は一人もいないようだった。暑苦しい感じの濃い色のブラウスを着た中年女性が二人いて、にらむような目で紫門を見つめた。素姓を確かめられている気配があった。

ジュンという女性がこの店にいたはずだが、と紫門はマネージャーにいった。

マネージャーは答える前に、どういう用事かと逆にきいた。流暢な日本語だ。

「ジュンさんは日本に住んでいましたが、去年の十月から行方不明です。彼女の消息を尋ねるためにやってきましたが、彼女の友だちがこちらにいませんか？」

「あなたは、どういう方ですか？」

紫門は、身分証明書を見せた。日本語と英語で書いてある。所属は長野県警察本部だ。

マネージャーは英語が読めるらしく、警察官なのかときいた。紫門は警察の嘱託と答えた。ジュンは去年の十月、日本では有名な山に登り、下山したがそれきり行方不明になったと説明を加えた。

マネージャーはタバコをくわえた。

背中に人の気配を感じて振り向くと、肌の黒い痩せた男が二人立っていた。この店の従業員のようである。一瞬、殺気に似た空気を感じた。

「さがしているのは、この女性です」

紫門はバッグからジュンの写真を出して見せた。

「奥のボックスへお掛けください。ゆっくりお話ししましょう」

マネージャーはくわえタバコで、一段高くなった部屋のソファへ案内した。

紫門はいわれるままに、照明を落とした部屋のボックスに腰を下ろした。と、ピンク色のスーツ姿の若い女性が十数人出てきて並ぶと、「いらっしゃいませ」と、一斉にいった。彼女らは胸に番号の入った札をつけていた。

これがホステスだった。客は気に入った女性を指名し、彼女の酌で酒を飲むらしい。

「せっかくいらっしゃったのですから、気に入ったコを指名して、ビールでもいかがですか？」

マネージャーは口元だけをゆるめた。

これが礼儀らしいが、紫門は迷った。ピンク色のスーツのホステスたちは、頬笑んで彼をじっと見つめている。二人の中年女性と二人の痩せた男たちも目を光らせているようだ。

「あなたは、タイへおいでになったの、初めてですか？」

「初めてです」

「そうですか。では、うちの店のシステム、説明します」

「はあ」

紫門はマネージャーに目を移した。

「女のコと、ここでお酒をお飲みになっても結構ですし、外へ連れ出しても結構です」

連れ出した場合、女性には三千バーツを直接支払ってもらいたい。ここで飲むだけなら千バーツでよいといって、ジュンの写真を返してよこした。

それに従ってくれなければ、質問には一言も答えられないといっているようだった。

紫門はまたホステスのほうを向いた。彼女らはにこやかな表情をした。

こういうところだと教えてくれなかったソムサクを恨んだ。

「三十二番のコは、いかがですか。気に入ったら、指名してください」

押しつけるようないい方だった。

紫門は、任せると答えた。

32の番号札をつけた細身の女性が列を離れた。

マネージャーは紫門の耳に口を寄せ、

「このコを連れ出して、ホテルで話をきいてください」

というと、椅子を立った。

紫門はすべてを呑み込んだ。ピンク色のスーツの女性たちは、店で客に酒を注ぐだけではない。客に指名されて、ホテルへ連れ出されるのだ。ソムサクが、ジュンは売春をしていたといったのがこれだったのだ。

客が入ってきたらしい。入口に近いボックスにすわった。日本人だ。話し声から複数のようである。

ピンク色のスーツのホステスたちは、客のいるボックスのほうへ移動した。

三十二番の女性は紫門の横にすわると、手を合わせて、「ありがとう」といった。二十二、三歳に見える。名は「リリー」だといった。日本語が少しできるという。

薄い色のビールはうまくなかった。

マネージャーに外へ連れ出してくれといわれたとリリーにいうと、「ありがとう」といって白い歯を見せた。丸くて小さめな顔は可愛かった。

三十分ばかりするとリリーは、服を着替えてくるといって椅子を立った。外へ出る支度をするのだ。

十分ばかりたつとマネージャーが寄ってきて、リリーは裏口で待っているといった。

夜の路地は、むし暑く薄暗かった。店から洩れる灯りが、立っている女性の影を路面に落としていた。

小さなバッグを提げたリリーは、白地に黒い横縞のシャツに黒のパンツ姿に替えていた。店の中にいるときよりも若く見えた。

宿泊しているホテルはどこかと彼女はきき、彼の腕を摑んだ。暑い夜なのにその手は冷たかった。

彼がGホテルだと答えると、小さくうなずいた。

近道を抜けるのか、彼女は路地から路地を曲がった。彼女は頭を彼の腕に押しつけた。長い髪からほのかに甘い香りが匂った。

彼は夕食を摂っていなかった。それをいうと、リリーは笑い顔で彼を見上げ、やってきた道を引き返した。

さして広くないレストランには客が三組いた。いずれも若いカップルだった。日本人はいなかった。客たちは紫門とリリーを見て、クラブからホステスを連れ出したと見抜くだろうか。

彼女はメニューの読めない彼のために、「カオ・パッ」と「トム・カー・カイ」を、自分は「パッ・タイ」を頼んだ。彼はウィスキーの水割りを注文した。国産の酒で銘柄は「メコン」という。

彼女の取ったものは焼きビーフンだった。彼のは焼き飯とココナッツミルクの入った鶏肉スープだ。

リリーは、皿の料理に唐辛子を振りかけた。見ているだけで喉がヒリヒリしそうである。

料理には甘さと酸っぱさがあり、思いのほかうまかった。

2

ホテルに戻ると、リリーはフロントにカードのようなものを見せた。タイの人は身分証明書を持っているのだという。

「白百合」への地理を教えてくれた日本語の達者なフロント係は、紫門を見るとまたにやりとした。きちんとネクタイを締めているが、卑しさを宿した目つきだった。

最上階にバーがあった。ほの暗い灯りの中に客の姿が見えたが、広いせいか閑散としている。

リリーは酒を飲まず、ジュースがいいといった。

彼はここでもウィスキーの水割りを取った。

ジュンを知っているかときいた。

「日本へ行きました」

彼女は、ジュンが「白百合」をやめて日本へ行った時期を覚えていた。店で一緒に働いていたのだ。

彼はジュンの写真を見せ、この人に間違いないかときいた。

「ジュン……」

彼女は、ブロマイドのように撮られた写真を手に取ると、呼びかけるようにいった。

ジュンは去年の十月初め、高い山に登った直後消息を絶ったと話した。

リリーは口を開けた。ジュンは日本人の男性を好きになり、その人を頼って渡日したのだといった。

「わたし、ジュンと仲よし。心配」

リリーの瞳に、テーブルの上の赤い灯が映っていた。

日本へ行ったジュンから連絡があったかときくと、一度もないという。

「ジュンさんは、帰国しただろうか？」

「わたし、知ってる。帰ってこない」

なぜ知っているのかというと、つい最近、ジュンの姉に会った。彼女の話ではジュンは日本の東京で元気に暮らしているということだった。

「あなたは、ジュンの家族の住所を知っているんだね？」

「知ってる」

このホテルから車で十五分ぐらいのところだという。

リリーの話で、ジュンの母親はマーケットで菓子を売っており、上の姉はゴルフ場のキャディーをし、下の姉はパタヤのクラブで働いている。バンコクで一緒に暮らしているのは、母と上の姉だという。

バンコクにいたときのジュンは、母親と姉と同居していたのだった。

あす、母親と上の姉の住所へ案内してもらえないかというと、リリーは大きくうなずいた。

「ジュンさんが好きになった日本の人を、あなたは知っている？」

「知らない」

「名前も？」

「知らない」

紫門は、江崎と安達が並んで写っている写真を出して見せた。

「この人、見たことあります」

彼女は、安達を指した。江崎の妻光子の話だと、安達は何回もタイ旅行の経験を持っているということだった。

「どこで見たの？」

「お店です」

「『白百合』へ……。ジュンさんを指名していたんだね？」

それは覚えていないという。リリーは、指名されたことがあるのかと聞くと、一度もないと答えた。

ジュンは日本人の男性を好きになって渡日したというが、その男は「白百合」の客だったかとリリーにきいた。彼女は誰なのか分からないと首を横に振った。リリーとジュンは仲よしだったというが、こと男性のこととなるとジュンは詳しく話さなかったようだ。

「ありがとう。あした、ジュンのお母さんのところへ案内してください」

紫門はいって、三千バーツを渡そうとした。

「わたし、泊まっていく」

彼女は真剣な目をし、彼の腕を摑んだ。

「ぼくには恋人がいる。だから一緒には泊まれないんだ」

「一緒にきているの？」

「日本にいるんだ」

リリーは眉を寄せ、寂しげな表情をした。店で指名してホテルへ連れ出してくれた以上、泊まるものと思い込んでいたらしい。

彼女は手を合わせると、紙幣を三枚受け取ってバッグに入れた。そのバッグは古く、素材は粗末な物に見えた。

彼女とはあすの朝、このホテルのロビーで会う約束をした。

彼は玄関まで送った。彼女は笑顔を見せなかった。


部屋へ戻ると三也子に電話した。

「どんなところなの？」

彼女はきいた。

彼は空港からホテルまでの道中の風景を話した。ホテルに日本語の通じるスタッフがいて、その人の案内で、あしたジュンの実家を訪ねることができそうだと話した。

クラブへ行ったことはいえなかった。

「ホテルは、どう?」

「快適だよ」

「よかったわね。いまのタイは治安がよくないらしいから、気をつけてね」

飲み水や食べ物にも注意するようにと、彼女はつけ加えた。

電話を終えると、彼は右の腕を鼻に近づけた。リリーの髪の匂いが残っていそうな気がした。


約束どおりリリーは朝八時にロビーへ現われた。昨夜と服装が変わっているのはシャツだけだった。ラウンジでなにか飲むかときいたが、彼女は首を横に振った。体調でも悪そうな浮かない顔をしているし、少しも笑わなかった。ゆうべ、彼の部屋にも入れなかったことで傷ついているのだろうか。

二人はタクシーに乗った。運転手に彼女が指示した言葉は、乱暴で早口にきこえた。

けさのバンコクは雲が低い。風がなくむし暑いのに、歩いている人たちの服装は黒っぽい。若い女性はたいてい黒いパンツを穿いていた。剃髪《ていはつ》の僧侶がオレンジ色の衣を着て歩いているのを、あちこちで見かけた。

タクシーはゆるい坂を下ったところでとまった。未舗装の細い道には雑草が生えていて、白い犬が何匹もいた。三階建てのアパートをリリーは指差した。ジュンの母と姉が住んでいるのはここだという。

建物はかなり年数を経ているようで、壁は変色している。その一〇〇メートルほど先はビルの建設現場だった。建材を積んだトラックがアパートの横を埃を巻き上げて通った。

アパートの階段にも砂埃がたまっていた。ジュンの実家は二階だった。リリーがドアをノックした。彼女は三回も四回も叩いた。二つ先のドアが開いて、老婆が顔を出した。リリーは老婆に話しかけた。

ジュンの母親のいるマーケットへ行くことになった。歩いて十分ぐらいだという。雑草の生えた道に出ると、紫門はアパートを振り返った。洗濯物が干してあるベランダがあり、天井から紙包みのような物をいくつも吊っているベランダもあった。その風景はいかにも貧しそうである。

リリーが先に立って入ったマーケットは小規模だった。客の少ない時間帯とみえて、買い物をしているのは数人しかいなかった。

リリーは中央部の店の前に立つと、高い声をかけた。積んだ箱のあいだから粗末な装いをした中年女性が立ち上がった。その人がジュンの母親だった。五十を過ぎているだろうと思われ、顔に深い皺があった。肌は浅黒くなかった。彼女は戸板を置いたようなところに袋に入った菓子を並べていた。

リリーは母親と親しげに話していたが、紫門を紹介した。母親は彼に向かって手を合わせた。

リリーの質問に答えている母親の表情を見ていると、いっていることの想像がついた。

リリーは彼を振り向くと、母親からきいたことを片言で話した。

ジュンは、日本へ行ってから一度も帰国していない。何回か電話はあったが、このごろはそれもなくなった。パタヤにいる「ユウ」という名の次女には最近もときどき電話をよこしているようだ。次女がいうにはジュンは元気そうだ——ということだった。

リリーに、パタヤにいるユウの住所をきいてもらった。母親は電話番号を教えた。母親にもう一つききたいことがあった。ジュンが頼って渡日したのはなんという人かをである。

リリーはまた早口できいた。が、母親は首を横に振った。ジュンはそれを語らずに日本へ行ったのか。

母親がいうには、ジュンの近況についてはパタヤにいる姉が知っているらしいという。

母親と三十分ぐらい話していたが、菓子を買う客は一人もこなかった。

紫門は別れぎわに、袋に入った菓子を三つ買った。一袋百バーツだった。

3

ホテルに戻った。リリーに頼んで、パタヤのユウに電話してもらった。

ユウは、昼間きてくれれば会えるといい、Tホテル近くのバーから電話してもらいたいといったという。

パタヤへは市内の東バスターミナルから、十五分おきにバスが出ていることが分かった。所要時間は約二時間だという。

雨が降りだした。紫門はリリーにタクシー代を渡した。

雨はジトジトと降りつづいた。バスの車窓から見える農地や草の生い茂った原野の中に、日本企業の看板がいくつも立っていた。

ヤシの木が多くなった。雨の中を傘もささずに歩いている人が何人もいた。

軒の低い商店の並ぶ街に入った。パタヤだった。二時間半を要した。ここには白人の姿が多い。

Tホテルはヤシの木の生えた庭の奥にあって、海浜に窓を向けていた。教えられたバーはすぐに分かったが、そこはマーケットのような造りで、せまいカウンターがコの字形にいくつも並び、それを丸椅子が囲んでいた。カウンターの中に女性がいるところもあった。

カウンターの中の女性に電話はどこかと、手真似できくと、

「ユウのお客さんですか？」

と、流暢な日本語が返ってきた。

紫門がうなずくと、彼女は電話を掛けた。ユウにいわれていたらしい。

「ユウは、すぐにきます」

彼女はそういってから、ビールでよいかときいた。

グラスのビールを半分ぐらい飲んだところへ、背の高い細身の女性が小走りにやってきた。短いスカートから細い足が長く伸びていた。その女性の顔を見たとたんに、ジュンに似ていると感じた。紫門はなんだか異国で知人にあったような気がした。

ユウは、写真のジュンよりも痩せていた。彼女には日本語が通じた。

紫門は、ジュンの行方をさがすことになった経緯を話した。

「ありがとう」

彼の話をききおえるとユウはいった。彼女の大きな目は涙をためていた。母親はこ

んな顔をしなかった。

「ジュンが、前のところから変わったの、知っています。電話でいいました。元気です」

ジュンからは月に一度ぐらいの割で電話があるという。だが住所はいわないし、電話番号も教えられていない。もっとも前の住所にいるころも、ユウは電話をしたことがなかった。ジュンから掛かってくるからだった。

ユウはジュンの身に大きな変化があったのを感じ取っていた。たぶん頼っていった日本の男と別れることになったのだろうと推測していた。

ユウはジュンに、バンコクへ帰ってきたらどうかといったが、もうしばらくいなければならないことがあると答えたという。

「もうしばらく日本にいなければならないこと……。なんでしょうか？」

紫門はきいた。

ユウはジュンに理由をきいたがいわなかった。だが一度だけ電話で泣いていた。それは去年の十月ごろだったという。

一昨年の冬、ユウはジュンから、日本人の男性が好きになったことをきいたが、その男性には会ったこともないし、名前も知らないといった。

ユウから日本にいるジュンの友だちの女性をききだした。その人はチュウチャイという名で二十六、七歳。東京・新宿のタイ料理店で働いていることが分かった。

チュウチャイなら、ジュンの近況を知っているかもしれないという。

ジュンについての話がすむと、ユウは一息入れるようにタバコを吸い、今夜のホテルはどこかときいた。

紫門がバンコクへ帰るのだというと、彼女は自分のいるクラブで飲んで、一晩ゆっくりしていけないのかときいた。今度は観光にくる、そのときはゆっくりしたいといった。

ユウは手を合わせ、ジュンのことをよろしく頼むといって、また涙ぐんだ。

彼女にバスターミナルまで送られた。

バスが発車するまで、ユウは雨の中に立っていた。

道路は往きよりも混雑し、三時間近くかかってバンコクの東バスターミナルに着いた。

ホテルのフロントで、あすの朝の成田行きの航空便を予約してもらった。

ジュンの母親と姉に会っただけで、なんとなくもの足りない気がしたが、ほかに彼女の消息を知る方法はなさそうだった。

三也子に電話した。

「パタヤビーチって、ハワイみたいな観光地なんでしょ？」

「そうらしいが、海も見なかった」

「わざわざ行ったんだから、一日二日、観光してくればいいのに」

「観光なら君と一緒がいいよ」

「嬉しいわ。今度ね」

彼女はタイよりも、カナダかニュージーランドへ行きたいといっている。写真で見た山へ登るかトレッキングしたいのだ。


帰りの飛行機の所要時間は往きよりも約一時間短かった。

成田空港から小室と石津の母親彰子に電話した。二人とも、もう帰ってきたのかといった。

彼はユウからきいたチュウチャイのいる新宿のタイ料理の店を訪ねた。映画館の裏側に当たる飲食街の一角である。

彼女は小柄で暗い感じのする女性だった。日本語は堪能である。ユウの話だと五年間ぐらい日本にいるということだった。

彼女とは店の横の路地で立ち話することになった。

紫門は、ジュンの居所をさがしていること、彼女の消息を求めてタイまで行き、母親と姉に会ってきたことを話した。

チュウチャイは、顔を伏せて彼の話を黙ってきいていたが、ジュンの行方については気にしている、しかし去年の十月以降の彼女の消息は知らないと答えた。

「ユウさんは、あなたなら知っているはずだといっていました」

「知りません。ジュンからなんの連絡もありません」

と、下を向いて答えた。

だが、その言葉は歯切れが悪かった。顔を伏せている点も気になった。ジュンに関することでなにかを隠しているように受け取れるのだった。

「ジュンさんのことでなにか分かったら、連絡してくれませんか」

彼はそういって、携帯電話の番号を教えるしかなかった。

チュウチャイと別れると、思いついてジュンが住んでいたマンションの六〇二号室の主婦に電話した。

「けさ、新聞がなくなっていました」

六〇六号室のドアポストに彼が差し込んでおいた新聞のことである。

主婦は、けさ七時に通路に出て六〇六号室のドアを見たのだという。誰かがゆうべきて、ドアから新聞を引き抜いて持ち去ったようだ。ジュンがそうしたのか、別人なのか分からない。

彼は百人町のレストランで働いているソムサクに会って、タイでの調査結果を話した。

「私も、紫門さんに、話すことあります」

彼の瞳は輝いていた。

彼が通っているICスクールへ、ジュンの消息をききにきた男がいたというのだ。

「いつですか?」

「きょう」

「あなたはその男に会いましたか?」

「はい」

どんな男だったかをきくと、年齢は四十代半ばぐらいで、身長は一七五センチ程度でスリムなからだつきだという。

「名刺かなにか持っていましたか?」

「いいえ。名前は山本《やまもと》といいました」

服装をきくと、薄茶色の上着に白いスポーツシャツで、メガネを掛けていたという。

「ジュンさんが住んでいるところを知らないかと、きいただけですか?」

「それと、いつからスクールへきていないか、ききました。帰国したかもききました」

「あなたは、なんと答えましたか?」

「分からないといいました」

「誰だろう?」

紫門はいったが、思いついてバッグから江崎と安達の写真を出した。バンコクのリリーにも見せた写真だ。

「あ、この人です」

ソムサクは、安達を指差した。

「間違いないですか？」

「間違いない。この人です」

ソムサクは声に力を入れた。

リリーも安達の顔を覚えていた。彼女がいるクラブへきたことがあったのだ。指名されたことのない彼女が覚えているということは、安達は何回も白百合へ行っているとみてよいのではないか。行くたびに彼はジュンを指名していたのではないだろうか。

「安達圭介か……」

紫門はつぶやいた。彼は、北新宿の電器店へ駆けつけた。ジュンが住んでいたマンションの家主である。

彼は主人に、江崎と安達が並んで写っている写真を見せ、どちらかに見覚えはないかときいた。

「この人です。六〇六号室を契約したのは」

主人は高い声を出した。

紫門はここでも、間違いないかと念を押した。

いままで目の前に張っていた霧の幕が、一挙に取り払われた気がした。

曾根三樹夫という偽名を使ってマンションを契約したのは安達圭介だった。彼は住所も偽ったし、身元保証人についても偽称した。身装《みな》りのいい中年男が、堂々と契約書に住所と氏名を記入したから、家主は疑いを持たなかったのだ。家主は記入された住所や電話に一度も連絡しなかった。家賃がきちんと納められているから、連絡する必要がなかったのだ。

安達はタイへ何回も行っているうちに、クラブで売春をしていたジュンと親しくなった。彼は彼女を好きになり、彼女のほうも彼に惚れたのだろう。それで彼女を呼び寄せた。彼女が日本へ行きたいといいだしたのかもしれない。

安達は偽名で借りたマンションにジュンを住まわせ、ときどき訪れていたのだろう。彼女の生活を援助し、日本語の会話を習わせていた。

友人の江崎が、彼女の写真を持って、歌舞伎町のクラブへホステスとして売り込もうとした理由は不明だ。

安達は、去年の十月五日、ジュンを連れて標高二五〇〇メートルの剱沢・別山《べっさん》平《だいら》に建つ剱沢小屋に宿泊した。この山小屋でも彼は宿泊カードに曾根三樹夫と記入した。

翌六日、二人は剱岳へ登るといって山小屋を出発したが、夕方、ジュンだけが剱御前小屋へ倒れ込むように入ってきた。手足にすり傷を負っていた。山中でなにがあったのか、同行者がいたのかどうかも、彼女は語らないまま、次の朝、下山パーティーの四人に付き添われるようにして下った。新宿まで四人と一緒だった。彼女は列車を降りたホームで四人に礼をいって別れると、そこから姿を消した。

曾根と名乗った男が遭難したのではないかと憂慮された。だが、曾根が安達であってみれば、彼が生還していることは自明の事実だ。いったい山中でなにが起こって、ジュンと彼はバラバラになったのか、これが霧の中である。

ジュンには姿を消す理由があった。安達にはその理由が分かっているのだろう。彼はジュンの行方をさがしているらしいが、なぜいまごろになってそれをしているのか。

彼女の通っていた外国語スクールを最近まで知らなかったということはないだろう。

紫門は主人に、マンションの契約書をコピーしてもらった。

4

三也子に会った。

曾根三樹夫と名乗っていた男は安達圭介だと知った彼女は、驚いたといってポカンと口を開けた。

「あなたは、劒山荘にブルーのザックが届けられたときに、安達さんがいった一言に疑問を持って調べはじめたんだったわね」

そうだった。劒沢雪渓で拾われたブルーのザックを見た江崎が、「君の古いザックに似ているじゃないか」といった。すると安達は、「おれのじゃないよ」といってオロオロしているようだったという。

「安達とジュンは去年の十月六日、劒岳の近くで別れわかれになった。ジュンは単独で下山したが、彼は彼女が無事下って、東京へ帰ったことを知らなかったのだろうね」

「劒岳周辺の各山小屋へ、こういう女性が着いたかと問い合わせしていないかぎり知らないでしょうね」

三也子は宙の一点をにらんでいる。

「分かった……」

紫門は、つい高い声を出してしまい、小料理屋の客の目を気にした。

「なにが？」

「ジュンは、山で死んだことにしたかったんだ。だから、それまで住んでいたマンションへ帰らなかったんだ。きっとそうだよ」

「そうよね。だから、十月七日、新宿駅のホームから姿を消してしまったのね」

「安達のほうは何日に帰宅したか知らないが、ジュンのマンションへ電話を掛けてさぐりを入れたり、見に行ったりしただろう。部屋の中を見て、彼女が帰ってきていないのを確認した」

「安達さんは、ジュンさんを劔で殺そうとしたんじゃないかしら。彼女が帰ってきていないのを確かめ、間違いなく死んだと思い込んでいたんじゃない。だけど遺体が発見されないから、もしかしたら生きているんじゃないかっていう不安があって、マンションを解約せず、家賃を振り込みつづけているという気がするわ」

「ところが、最近になって、彼女が生きていることを知った。それで彼女の行方をさぐりはじめた。……彼は、どこで彼女が生きていることを知ったんだろう？」

彼がいうと三也子は女将に、一昨日の朝刊はないかときいた。

女将はきちんとたたんだ新聞を、カウンターの中から三也子に渡した。

彼女は社会面の「主婦襲われる　長女の事件と関連か」というタイトルの記事を指差した。

――一昨日の夜、豊島区要町の路上で、近くに住む主婦の安達枝里子さんが、何者かに頭、背中、腹を殴られたり蹴られたりして怪我をした。通りかかった人が倒れて苦しがっている彼女を見つけて、一一九番通報した。彼女は救急車で病院に運ばれたが、肋骨骨折で重傷。五日前には彼女の娘ののぞみさんが、今回の事件現場から約一〇〇メートルの場所で同じように頭を殴られて傷を負った。枝里子さんはのぞみさんを病院に見舞っての帰りだった。母娘が相次いで被害に遭っていることから、警察では二人に恨みを持つ者の犯行ではないかとみて、目撃者がいないかの捜査をしている――。

「わたしが取っている新聞には、二件とも、事件が起こる直前ころ、現場近くで、背のすらりとした若い女性が立っているのが通行人に目撃されていると書いてあったわ」

「背のすらりとした若い女性……。ジュンだろうか?」

「安達さんは直感的にジュンさんだと思ったんじゃないかしら?」

「たぶんそうだろう。それできょう、ジュンの通っていたICスクールへ行き、彼女と仲のよかったソムサクに、彼女の消息をきいたんだ。ジュンが住んでいたマンションの部屋のドアから、ぼくが差し込んでおいた新聞は、けさ消えていた。それを抜き取ったのは安達だろう。彼はゆうべ、六〇六号室へ入って、ジュンがきた形跡がないかを、あらためて検べたような気がする」

「母娘を襲ったのがジュンさんの犯行だとしたら、彼女はなぜ安達本人を狙わないで、罪のない妻子を襲ったりするのかしら?」

「いずれ安達をやるが、妻子を襲うことによって彼を苦しめるというのが狙いじゃないのかな。それとも、彼にはスキがなくて、襲うことができないのかもね」

「枝里子さんは、頭も背中もお腹も、殴られたり蹴られたりした。ジュンさんがそんなことをやれたかしら？」

「実行したのは男だと思う。彼女は犯行を近くで見ていたんじゃないか。……そうだ、犯人は男だ。ムエタイだよ」

「なんのことなの？」

「タイ式キックボクシングだ」

「ああ、テレビで観たことがあるわ。西洋式と違って、足も膝も肘も使うのね」

「それで一瞬のうちに全身をやられたんだよ」

「安達さんも、犯人はキックボクシングの心得のある人間だって感じ取ったんでしょうね」

安達とジュンの剱山行は去年の十月だった。その山行で彼女が安達に恨みを持つようになったのだとしたら、直後に復讐に出そうなものだ。いまになって彼女が彼を苦しめはじめたのだとしたら、それにはどういう意味があるのか。

「ジュンさんは、江崎さんを知っていたわね？」

「もちろんだ」

「彼が剱岳で遭難したことと関係があるんじゃないかしら？」

「そうか。考えられるね。ジュンは江崎の遭難に疑問を持ったのかな。事故でなく、安達の手が加えられて死亡したとみたのかな？」

「彼女は何カ月も死んだふりをしていた。その間、いや、どうやって安達さんに復讐するかを考えていた。そうしたら江崎さんが、かつて自分が危険な目に遭った剱岳で転落死した。そのことを友だちに話したら、彼女の報復に手を貸す男が現われた……」

三也子は、飲むのも食べるのも忘れたように話した。

5

紫門は、文京区本郷の安達建築設計事務所を張り込み、女性従業員をつかまえた。

「安達さんの事務所の方ですね？」

彼が近づくと、二十五、六歳の女性は小さなバッグを胸に押しつけ、二、三歩後じさりした。

紫門は名刺を出し、見てもらいたい物があるといった。

名刺を見ていた彼女の顔から警戒の色が退《ひ》いた。

彼は、北新宿のマンションの契約書のコピーを見せた。

彼女は、彼の顔を見上げてから契約書を手に取った。

「そこに書いてある曾根三樹夫という人の文字をよく見てください」

彼女は数呼吸の間、氏名と住所を見ていたが、眉間に皺をつくった。

「安達さんの字ですね？」

彼女はしばらく黙っていたが、似ているとだけ答えた。うまい字だが特徴がある。

彼女は、先に銀行へ行ってきたいから、それからでよいかときいた。

紫門は地下鉄駅の近くの銀行の外で、彼女が出てくるのを待った。

彼女は、銀行へ行ったついでに昼食をすませるつもりだったようだ。

「所長は、なぜ、曾根なんていう名前を、そこに書いたんでしょうか？」

地下鉄駅から二〇〇メートルほど離れた小さなレストランで、彼女は首を傾げてきいた。

彼は、安達が北新宿の一角に借りているマンションのことを話した。ジュンのことには触れなかった。もしも彼女が納得しないようなら話すつもりだ。

「去年の十月、安達さんは、剱岳へ登っていますね？」

紫門は、彼女と同じスパゲッティを注文してからきいた。

「剱岳だったかどうかは忘れましたが、去年の十月ごろ、二回つづけて山へ行きました」

「二回つづけて……。二回とも剱でしょうか？」

彼女は安達の山行地は知らないといったが、一度は足に怪我をして帰ってきたという。

「重傷でしたか？」

「いいえ。転んで脛《すね》をすりむいたといっていました。それから十日ぐらいして、また山へ行きました」

それは何日だったか分かるかときくと、地方出張や出勤しなかった日の記録はあるから、それを見れば分かるという。

「安達さんは、去年の十月五日に劔沢小屋に泊まっています。外国人の若い女性と一緒でしたが、山小屋の宿泊カードにも、名前を曾根三樹夫とし、住所を藤沢市と記入しています」

「なぜ本名やほんとうの住所を書かなかったのでしょうか？」

「同行の女性と一緒だったことを知られたくなかったからだと思います」

「外国人って、どこの国の人ですか？」

「タイの女性です」

「タイ……」

「なにか思い当たることがありますか？」

「所長は何回もタイへ行っていますし、タイへ国際電話を掛けていました。最近は掛けていませんが」

安達が去年の十月の何日に事務所に出てこなかったかを、調べてもらえないかと頼んだ。

彼女はなぜそれが必要かときいた。

彼は、一緒に入山した女性と山中でバラバラになっている。山中でなにが起こったのかを知らなくてはならないのだと話した。

彼女は、あとで調べるといった。

紫門は彼女に渡した名刺の裏に、携帯電話の番号を書いた。

「安達さんは今年の五月にも剱岳へ登られたのを、ご存じですね？」

「お友だちの江崎さんがお亡くなりになったのですから……」

彼女は声を落とした。彼女は江崎を知っていたのだ。

安達と江崎は、ほんとうに親しかったのかときくと、江崎はときどき事務所へやってきたし、なんでも話し合える仲だったようだと彼女は答えた。

江崎の遭難について、同行者だった安達は責任を感じたらしく、しばらくの間、打ちひしがれていたという。

レストランを出て三十分もしないうちに、彼女から電話があった。

去年の十月、安達が山へ登るといって事務所を休んだ日が分かったという。それは、十月四日から七日までの四日間、十月十五日から十八日までの四日間だった。彼は事務所の従業員にどこへ登るとはいわなかったが、十月四日から七日までの休みは劔山行だった。

ひょっとすると彼は、その後の十五日から十八日の間も劔へ行ったのではないか。目的は、ジュンの消息をさぐるためだったのではないか。前回の山行で行方不明になった彼女がどうなったかを、彼女と別れた地点を中心にさがし歩いたような気がする。

紫門は、勤務の終わった三也子を新宿へ呼んだ。二人で夕食をしてから、チュウチャイが働いているタイ料理店の見える道に立った。その店は午後十時半まで営業しているが、彼女は八時に帰ることが分かっていた。きのう会った彼女は、暗い表情をしていた。

「八時よ」

三也子は時計をのぞいた。

二人はタイ料理店のほうに寄り、電柱の陰に隠れた。

八時十分。細い路地から小柄な痩せた女性が出てきた。布製の黒いバッグを提げている。彼女は紫門らのいる前を足早に通過した。チュウチャイだった。

彼女は新宿駅で山手線に乗った。車内の中吊り広告にちらっと目をやったあとは、吊り革につかまったきり窓を向いていた。乾燥した印象があった。

目白《めじろ》で降りた。駅のすぐ近くのゆるい坂を下った。六、七分歩いて、木造の古いアパートに消えた。

それを確認した紫門は道に出て、アパートの窓を眺めた。二階の右側から二番目の窓に人影が映った。その窓には紫門たちがここへ着く前から灯りがついていた。チュウチャイがアパートに着いてから電灯のついた窓はなかった。彼女は二階の右側から二番目の部屋に入ったようだ。たぶんそこが住所だろう。彼女は誰かと一緒に暮らしているのだ。男だろうか女だろうか。もしかしたらジュンが密かに住んでいるということも考えられる。

三也子がポストを見てきたが、灯りのついている部屋のポストには名前が入っていないという。

窓を眺めていると、また人影が動いた。男か女かは不明だった。

一時間ほど見ていたが、チュウチャイはアパートを出てこなかった。そこに住んでいるのは間違いなさそうだ。住居表示は新宿区下落合《しもおちあい》である。

次の日、ジュンの写真を携えて、昨夜、チュウチャイが入っていったアパートの一階を訪ねた。彼のノックに応えて顔をのぞかせたのは、三十半ばの髪を茶色に染めた女性だった。一階の右側角の部屋である。二階への階段に最も近い。

彼女はジュンの写真を手に取ると、

「見たことあるコだわ。こんなにきれいじゃないけど」

といった。

「二階の右側から二番目の部屋に、タイの女性がいるようです。この人はそこへくるか、住んでいるんじゃないかと思うんですが？」

「タイ人かどうか知らないけど、色の浅黒い男女が一階のいちばん奥の部屋に住んでいるわよ。夫婦なのか、恋人同士なのか分からないけど。その人たちと、あなたがいう二階の女性は付き合ってるみたい」

彼女の話では、ジュンが住んでいるかどうかははっきりしなかった。だが、二階に住むチュウチャイは一人暮らしらしい。しかし昨夜は、彼女が帰る前に部屋に電灯が灯っていた。誰かが先にきていたか、同居しているということだ。

家主はどこかときくと、遠方に住んでいるからアパートの入居者のことは分からないはずだという。

紫門は一階のいちばん奥の部屋の前に立った。ドアに名札らしいものが貼ってあり、それにはタイ語の文字が並んでいた。彼は一字も読めなかった。誰かいるようで、水の音が聞こえた。ひょっとしたらジュンは、この部屋に住んでいるのではないか。

水音がやむと、音楽がきこえた。ラジオかＣＤなのか、女性が高い声でうたっている。最近どこかできいたような歌である。

彼はドアをノックせず、そっと踵《きびす》を返した。

その後、紫門は「民宿」へ帰る途中の暗がりで、何者かに襲われた。足と胴をしたたかに蹴られ、後頭部を殴られ、一瞬ぐらりとなって路上に膝を突いた。頭を振って振り向いた。街灯のほの明かりの中を、小柄な男が走り去っていくのが見えた。彼を襲った男にちがいなかった。その男は、彼の背後に足音を忍ばせて近づき、またたく間に彼を殴ったり蹴ったりして、逃げていったのだ。

彼は男を追うことができなかった。

彼は、安達圭介の娘と妻が暗がりで暴漢に襲われた事件を思い出した。

「民宿」へ着いて話すと、彰子は蒼くなった。石津は、医者に診せなくていいのかといった。

「大丈夫だ。前からやられたら、歯の二、三本は折られていたかもな」

彼は冷やしたタオルをふくらはぎに当てた。蹴られた個所がわずかに赤みをおびていた。

昨夜、紫門と三也子は新宿のタイ料理店からチュウチャイを尾《つ》けて、彼女の住所のアパートを確認した。きょうは、そのアパートで聞き込みをした。ジュンが隠れ住んでいそうに思われたからだ。

「安達という男は、ジュンが通っていた日本語外国語スクールで、彼女の消息を尋ねたということだったな？」

石津がいった。

「名乗らなかったが、写真で安達だということを確認している」

「お前を襲ったのは、ジュンの味方だろうな。お前を安達の回し者とにらんだんじゃないのか？」

「そうだろうな。ジュンをさがしたり近づこうとしたから、警告のつもりで襲ったんだと思う」

「警告の意味もあるだろうが、安達の身辺にいる者が憎いから、痛めつけようとしているんだよ。これでチュウチャイという女性は、ジュンを保護していることが分かったようなもんじゃないか。ジュンは、タイ人の何人かに囲まれているんだ。やがて安達本人が痛い目に遭うだろうな」

石津の話をきいていた紫門は、はっとして三也子に電話した。昨夜、彼と一緒にチュウチャイを尾行したのだから、彼女も危ない。

「わたしも逆に尾けられたかしら？」

「気をつけてほしい。ジュンやチュウチャイの周りには、彼女らを保護する男が何人もいそうな気がする」

三也子は寒気を感じて後ろを向いたのか、声が萎《しぼ》んだ。

七章　愛と復讐

1

文京区本郷の安達建築設計事務所の近くで、安達が出てくるのを待った。

その前に紫門は、安達に会うつもりで事務所へ電話を掛けたのだが、女性が応じて、安達は不在だと答えた。二時間ほどあとに掛け直したが、外出していてきょうは戻らないと思うといわれた。声の感じは、一昨日、彼が会った従業員とは別人のようだった。

安達は事務所にいるのに、居留守を使っているような気がした。娘と妻が襲われたことで安達は警戒し、知らない人間からの電話に対しては居留守を使うことにしているのではないか。

日が暮れた。安達事務所の窓にはシャッターが下ろされているが、室内の灯りは洩れている。

石津が心配して電話をよこした。彼は紫門のいる場所へ向かっているといった。

一昨日会った女性従業員がビルを出てきた。帰宅するらしい。紫門は彼女を一〇〇メートルばかり尾けたところで呼びとめた。彼女は背中に冷水を浴びせられたようにバッグを胸に押しつけて、立ちどまった。

「安達さんは、事務所にいるのでは？」

振り向いた彼女にきいた。

「います」

彼女はそれだけをいうと、駆けるように去っていった。

石津がやってきた。巨漢の彼が横にいると気強かった。

「おい」

石津が低い声で呼んだ。「へんなやつらがいる」

石津は紫門に肩を寄せると、左のほうを見ろといった。

シャッターを下ろした会社の前にとまっている車の向こうに、二、三人がいるらしく頭の動くのが見えた。

紫門と石津はいったん右のほうへ歩いてから、路地を回って車の陰にいる二、三人に後ろから近づいた。薄暗がりをじっと見ていると、男二人に女が一人立っていた。

どうやら三人は、安達事務所の窓を見上げているようすだ。

紫門はなおも三人に五、六メートル接近した。男は二人ともTシャツ。女性は髪が長く、長袖シャツを着ている。

紫門と石津の後ろから車がやってきた。ライトが三人の男女に当たった。女性がこっちを向いた。

「ジュンじゃないかな？」

紫門はゆっくり走る車についていった。

車の後ろから背の高い男が現われたので、三人の男女は驚いたような顔をした。

「ジュンさんじゃないか」

紫門は女性にいって、一歩接近した。

男が二人、紫門のことを、「誰だ」といったらしかった。女性は首を横に振った。目の大きな彼女は紛れもなくジュンだった。何度写真で見たかしれない女性だった。

紫門は手短かに名乗り、去年の十月、二人で登った剱岳でなにが起きて単独で下ってきたのかを知りたくて、行方をさがしていた者だと話した。

「あんたたちは、あの灯りのついている窓を見ていた。あの部屋に安達圭介さんがいるのを知り、彼が出てくるのを張り込んでいたんだろうが、彼に会う前に、私に話をきかせてもらいたい」

紫門がいうと、男二人はジュンをはさんで横に並んだ。右端に立った男は小柄だった。昨夜、紫門を襲った男ではないのか。三人の目は殺気をおびて血走っているように鋭かった。

紫門はジュンに向かって、バンコクでリリーと母親に、パタヤで姉のユウに会ってきたと話した。

すると、それまで彼をにらみつけるようにしていた彼女の瞳が光りはじめた。涙をためたのだった。

ジュンと二人の男は彼の話に納得した。近くの喫茶店をさがすことにしたが、適当な店が見つからなかった。

「五人で食事しようよ」

石津が提案した。

「どこにする？」

「お前の部屋がいいじゃないか」

紫門が使っている石津家の離れのことである。石津は紫門の携帯電話で母親に掛けた。紫門と一緒に客を三人連れていくから、食事を作っておいてくれないかといったのだ。

紫門は三也子を電話で呼んだ。

最も警戒的な目つきをしていたのは、小柄な男だったが、彼の目からも殺気が消えた。

突然の珍客に、彰子はとまどうのではないかと紫門は気にしたが、彼女は笑顔でジュンたちを迎えた。

離れには二室ある。すでに部屋の中央にはテーブルが据えられていた。

「この方なのね、ジュンさんは」

彰子がいうと、ジュンは初めて微笑した。

「紫門さんから写真を見せていただいたの。一度お会いしたいと思っていたのよ」

彰子は、「可愛いわ」とつけ加えた。

「ありがとう」

ジュンの目は柔和《にゅうわ》になった。こういう表情をしたのは去年の十月以来ではないのか。

写真で見るよりジュンは鼻が高かった。歯の白さが目立った。

三也子が着いた。彼女は五人の食事をつくる彰子を手伝った。

ジュンと二人の男は、日本人の家庭に招かれたのは初めてだといった。

ジュンはやはりチュウチャイの部屋に同居していた。チュウチャイの紹介によって、池袋のレストランでアルバイトしているのだという。

彼女の日本語はたどたどしかった。

食事がすむと、来日する直前から今日までを語りはじめた。

——安達圭介を知ったのは、一昨年の夏だった。彼はバンコクのクラブ・「白百合」へ客としてやってきて、ジュンを指名した。

彼女は彼に気に入られ、市内観光にも同行した。

二カ月ほどすると彼はまたバンコクへきて、「白百合」で彼女を指名した。彼は三泊した。その間、彼女は彼と一緒に過ごした。

彼は東京の自宅の電話番号を教えてくれた。彼女も自宅の電話番号を書いて渡した。バンコク市内のデパートで、洋服とアクセサリーを買ってくれた。こういうことをしてくれた客は初めてだった。彼女は嬉しくて、その夜、彼の買ってくれた物を枕元に置いて眠った。「君が好きだ」と彼はいった。彼女も彼を好きになった。別れたくなくて、彼を見送った空港で泣いた。

帰国した彼は、すぐに電話をくれた。だが彼女には日本語がほとんど分からなかった。彼の電話に対して、「会いたい。早くきて」と、繰り返していた。

彼が三回目にバンコクへやってきたのは、日本ではススキの穂が揺れ、空が深く見えるころだった。彼女は体調がすぐれないといって店を休み、彼が滞在する四日間、ずっと一緒にいた。

彼の胸の中で、自分の愛を伝える覚えたての日本語を使った。それが彼に通じたのがたまらなく嬉しかった。

日本へ行って、雪を見たい、と彼女はいった。

ほんとうにくるのか、と彼はきいた。「行きたい。一緒についていきたい」といった。帰国した彼は電話で、日本にくるなら、しばらく滞在したらどうかといった。行ってよいのかと念を押すと、くるなら滞在できる場所を確保しておくといった。日本へ行っても、日本語ができないから、働けないというと、

「働く必要はない。日本で言葉を習いなさい」

といってくれた。

彼女は彼の心を信じた。母と長姉に日本へ行くことを話した。母はなにもいわなかったが、長姉は反対した。好きな人がいるのだと打ち明けると、「かならず棄《す》てられて、身も心もボロボロになって帰ってくることになる」といわれた。反対されると、ますます彼が恋しくなった。

パタヤへ行って、次姉のユウに話した。ユウは安達の経済状態を気にかけた。ジュンは、「お金のありそうな人」としかいえなかった。彼がビルや家屋を建てることに関係する仕事をしていそうだとは分かっていたが、日本語がむずかしくて、詳しくは理解できなかった。

「経済的に不安がなければ、行きなさい」とユウはいった。

ジュンは初めて日本へ電話し、日本へ行くことを伝えた。

一月、安達は彼女の着る物を持って、バンコクへやってきた。彼女を迎えにきてくれたのだった。

彼と一緒に飛行機に乗った。もちろん海外へ旅立つのは初めてだった。前の日まで長姉は、考え直したほうがいいといっていた。しかしジュンは、彼と離ればなれになってはいられなくなっていた。不安はあったが、彼と一緒なら恐くないと思った――。

2

――夜の便でバンコクを発ち、朝、ナリタに着いた。人からきいたり、想像していたよりも空港はきれいだった。新宿へ着くまでの電車は、バンコクの乗り物よりも混雑していなくて、きれいだった。彼は彼女のために借りておいたマンションへ連れていった。部屋には、新しいエアコンもテレビも冷蔵庫も洗濯機も電話もベッドもそろっていた。それまで母と長姉と住んでいたアパートとは、比較にならないくらいきれいで便利だった。

ただ不安に思ったことは、寒さだった。外には出られなかった。

彼はデパートで、彼女の着る物を買ってくれた。すべてが厚手で、からだが重くて苦しい気がした。やがて暖かくなるといわれたが、実感はなかった。

次の日、小雪が舞った。彼女は買ってもらったばかりのコートを着て、ベランダに出て掌に雪を受けた。冷たくて白い粉は、たちまちのうちに水の粒と化した。

十日間ほど彼女は外へ出られなかった。空気そのものが凍っているように感じられた。

彼は毎晩やってきた。彼の顔を見ると、異国にいる不安と寂しさがやわらいだ。

日本にきて一カ月が過ぎた。夜になると、冷たい風が吹き、ベランダが鳴った。

彼女は、十日に一度はパタヤにいる姉に電話した。

「彼は優しくしてくれる？」とユウはきいた。

「楽しい。日本にきてよかった」と、ジュンは答えた。

彼女は環境に馴れてきた。バンコクで知り合っていたチュウチャイに連絡を取った。チュウチャイは遊びにきた。ジュンの部屋を見て目を丸くした。日本人でもこんない い部屋に住んでいないといった。

彼女が働いている新宿のタイ料理の店へ連れていってもらった。チュウチャイのほかにタイ人の男が一人働いていた。久しぶりに郷里の味を噛みしめた。

タイ人の通っている外国語スクールのICスクールを教えてくれたのは、チュウチャイだった。

ジュンはそこへ通いはじめて、バンコクからやってきて、中華レストランで働いているソムサクを知った。

ジュンは、自分がほかのタイ人よりも日本語を覚えるのが遅いと思った。それでも安達は、単語を一つずつ覚えてくる彼女が楽しみだといってくれた。

彼女は、「嫌いにならないでね」「棄てないでね」と何度もいった。

彼は仕事が忙しいといって、三、四日、北新宿のマンションへこないことがあった。遠方へ旅行するといって、四、五日こないこともあった。そんなときは、チュウチャイの店へ行って食事した。

滞在期間を延長するため、チュウチャイについて韓国に行き、一泊して帰った。

六月になると、タイと同じように暑い日があった。雨がよく降るのもタイと似ていた。そのころから安達がやってくる回数が減った。夜、彼の自宅へ電話しても帰っていないのか通じなかった。

故国と同じような暑い季節がやってきたのに、ときどき冷たい風が吹き込んでくるのを感じて寂しかった。

八月ごろ、安達はジュンに、毎夜、部屋にいるのは退屈だろうから働いてみないかといった。

彼女は、言葉に自信がないから、もう少し会話ができるようになってからにしたいといった。

安達は彼女を横浜へ連れていき、海を見せ、船や古い建物を背景にして写真を撮った。中華料理を食べさせてくれた。バンコクにも中華料理店はあるが、本格的な中華料理を食べるのは初めてだった。二人で港の見えるホテルに泊まった。

そこでも彼は、そろそろ働いたほうがよいといった。それをきいて彼女は、自分の生活を援助する負担が重いのではないかときいた。彼はその心配は要らないと答えた。

それから三、四日後、安達は彼女の部屋へ友人を連れてきた。江崎という男だった。江崎は、ビールを二本飲んで帰ったが、一週間後に一人でやってくると、

「あんたに働いてもらいたいという店があるのだが、そこの経営者に会ってみないか」

といった。

どんなところかときくと、歌舞伎町のクラブだという。それをきいてジュンは、働く気はないと断わった。

次の日、クラブのママが訪ねてきた。江崎が持ってきた写真を見て気に入った、高給を払うから働いてもらいたいというのだった。

ジュンは、「クラブは嫌だ」と断わった。会話もできないというと、「お酒を飲みにくるお客相手なんだから、にこにこしているだけでいいのよ」という。

しかし、ジュンは首を縦に振らなかった。

安達に、江崎とクラブのママの話を伝えた。すると彼は、「働きたくなければ、無

理することはない」といった。

ジュンは、「もう少し日本語、できるようになったら、働く」といった。

彼は、それでいいといった。

江崎はその後も訪ねてきて、どういうところなら働いてもいいと思うかときいた。

彼女は会話ができるようになったら働く意志はあると答えた。

江崎は、「働いて、タイへお金を送ってあげなさい。お母さんは、それを待っているにちがいない」と繰り返した。

安達は、たびたび高い山の話をした。一度でいいから登ってみたいと彼女がいうと、彼は急に真剣な表情をして、「十月になると少し暇ができるから、二人で高い山に登ろう。登れなかったら、眺めるだけでもいいじゃないか」といい、厚く積もっている雪を見ることもできるといった。

彼は自分で撮ったという山のきれいな写真を持ってきて見せた。底が透けて見える川や、赤い屋根の山小屋や、池に山と白い雲の映っている写真もあった。

「登ってみたい」彼女は写真を手にしていった。

涼しい風が吹きはじめたころ、彼は彼女を新宿の登山用具店へ連れていった。その店はソムサクが働いているレストランの近くだった。

彼は登山靴とセーターと厚手のズボンを買ってくれた。登山靴を毎日履いて足に慣らしておくようにといわれた。一週間後にも同じ店へ行って、赤いザックと赤いジャケットを買ってくれた。

十月四日に山へ出発することを、その日にいわれた。

山に登ることも楽しいが、彼と旅行できることが嬉しかった。そう思う一方で、ひょっとしたら今度が、安達との最後の旅行になるかもしれないという予感があった。彼女は、彼に自活を促されていると、二カ月ぐらい前から感じていたからだ。彼は前ほど頻繁に彼女の部屋へやってこなかったし、訪れても彼女を抱かずに帰る夜もあった。

彼の心変わりを確認したら、彼女はバンコクへ帰るつもりだった。

十月三日の夜、彼は登山装備で彼女の部屋へ現われた。次の朝、新宿から特急列車で出発した。

列車が動きだすと彼女は、「ありがとう」と彼にいって腕を強く摑んだ。彼は頰にキスした。

二時間ばかり走ると、車窓に高い山が映りはじめた。山は黒く見えたり、青く映ったりした。

信濃大町で列車を降りた。青い山脈が左右に広がっていた。駅前には大型ザックを背負ったり、重そうな登山靴を履いた人が何人もいた。

大町では温泉のある旅館に泊まることになった。彼女にとってはこれも初めての経験だった。

十月五日は朝早く宿を発ち、バス、ケーブルカー、トロリーバスなどを乗り継いで、室堂で降りた。ここには登山者やハイカーが大勢いた。ところどころに雪の積もった岩山に囲まれていて、身が引きしまる思いがした。吹いている風が冷たかった。

彼について登りはじめると、額に汗をかいた。冷たい風が快かった。

登りはキツかったが、彼は優しく声を掛けた。手が冷たいというと、毛糸の手袋を出してくれた。彼の肩に頭を傾けて、「嬉しい」と何度もいった。

山に陽が当たっているうちに赤い屋根の山小屋に着いた。小屋の前にも後ろにも岩山がそびえていた。

「あしたはあれに登るんだよ」と、彼にいわれたのが剱岳だった。

夕食のあと、ジャケットを着て外へ出てみた。空は満天の星だった。寒さを忘れて、きらめく無数の星を仰いだ。ふと遠い日を思い出した。幼いころ、重い荷物を背負わされ、母と二人の姉について、夜どおし歩いたことがあった。たしか、父はしばらく前から家にいなかった。それまでの父と母は、顔を突き合わすといい争いをしていたような気がする。背中の荷物が重たくて、何度も道に腰を下ろした。荷物を枕にすると、星空が広がっていた。何年か後に知ったのだが、両親が離婚し、ジュンたち四人は、チェンマイからバンコクに移住するときのことだった。旅費を倹約するために、バスを使わず、列車の駅まで歩いたのだった。

安達は彼女の肩を引き寄せると、マフラーを巻き直してくれた。その優しさが恐かった——。

3

——十月六日の朝は、昨夜の星空が幻であったかのようにどんよりと曇っていた。きのう眺めた高い峰に雲がかかっていた。

安達のあとにしたがって、ゴツゴツした岩と雪の上を二時間ぐらい登った。岩のあいだに雪が固く凍っているところもあった。彼は体調が悪いのか、朝からほとんど話をしなかった。

男ばかりの五人パーティーが、「お先に」といって二人を追い越していった。人影がまったくなくなった。

彼女は厚手の赤いジャケットを脱いで、薄いヤッケに着替えた。彼がジャケットをザックに結わえつけてくれた。二人はキャンディを口に入れて、岩のあいだを登りはじめた。

右下に雪渓が見えた。それは曲がりくねっているらしく、岩山に邪魔されて見えない部分があった。

岩壁が立ちはだかった。登りきれないのではないかと思った。平らな岩の上で休むと、たちまちからだが冷えた。彼女はザックに結わえたジャケットを着ようとした。そのときだった。彼は突然、彼女の腰を蹴った。よろけて岩にしがみついた。彼はそこをまた蹴った。彼はいままで見せたことのない恐い目をしていた。突き落とされるのだ、殺されるのだ、と初めて感じ、悲鳴を上げた。彼女は必死に岩を摑んだ。彼はその手を踏みつけようとした。が、彼女はからだを一回転させて逃げた。

彼はバランスを失って尻もちを突いた。彼のブルーのザックが、彼より先に宙に浮いた。彼はそれを摑もうとしたが手が届かず、二、三度、岩にバウンドして見えなくなった。彼も足を滑らせ、彼女の三メートルほど下の岩の突起をつかんだ。

「なぜ、なぜなの?」彼女は彼を見下ろしていった。彼は答えず、這い上がろうとしていた。

目の前を赤い物が過《よぎ》った。それは彼が買ってくれた赤いジャケットだった。それはいったん舞い上がると、谷に吸い込まれるように消えていった。

這い登ってきた彼は、彼女の足を摑もうとした。彼女は伸びてきた彼の手を蹴った。今度は彼が声を上げ、腹這いのまま滑り落ちた。

それきり彼の姿は見えなくなった。

彼女は自分のザックを引きずって逃げた。ザックを落としたら助からないと思った。通りかかる人がいたら助けを求めるつもりだったが、登山者の姿はまったくなかった。ザックを背負うと、岩屑を踏んで必死に逃げた。汗が顔に流れた。呼吸をととのえるために立ちどまると、汗はたちまち凍るように冷たくなった。

安達がどこまで転落したか分からない。這い登ってきて、彼女を追ってくるような気がし、一カ所に長くとどまってはいられなかった。

彼女はいくつかの岩の盛り上がりを越えた。すでに登山コースは分からなくなっていた。

岩の裂け目のようなところに入って、じっとしていたが、寒さで耐えられなくなり、また登ったり下ったりした。

安達が自分を殺そうとした理由を考えた。

彼は夏ごろから彼女に働かないかといった。そのころまでに愛情は冷めていたのではないか。

それで友人の江崎に話して、歌舞伎町のクラブにホステスとして売り込もうとした。彼女を迎えるクラブでは、売春を強要しそうな気がした。

彼女はバンコクの「白百合」にいるときから、後ろ暗い思いで働いていた。それ以外の仕事がなかったからだ。「白百合」に所属しているかぎり、日常生活には困らなかった。

日本にきたのは安達を好きになったからだ。日本へ行ってきれいな部屋に住んで、きれいな服を着ていたいなどと考えたことは一度もない。彼といつでも会えるから行く気になったのだ。

だから彼に会うと、「放さないで」といったし、「あなたの子供が欲しい」といったこともあった。

姉のユウは、ジュンが好きな人を頼って日本へ行くといったとき、「あんたが好きになった日本人は、あんたの若さが好きなんだ」といった。それは自分でも分かっていた。何年か日本にいて、彼に愛してもらえなくなったら、帰国しようと決めていた。だけどその間は、一時間でも長く彼と一緒にいて、自分の愛を伝えていたかった。

彼はけさも優しかった。「もう愛していない」といってくれれば、高い山になどついてはいかなかった。「棄てないで」といいつづけていたから、彼は、「別れたい」といいだせなかったのか。それで登山を利用して、断崖から突き落として殺そうとしたのか。いまのいままで、殺されるなんて、想像さえもしなかった。

歩き疲れると、寒さが遠のいて眠気がさしてきた。眠り込んだら死ぬと思った。だから歩いた。

山が暗くなったころ、山小屋の灯りが目に入った。その灯りが遠くから自分を招いているように見えた。

山小屋の人たちは親切だった。山の中でなにがあったのか、誰かと一緒だったのかときかれたが、彼女はそれには答えなかった。泣きたいのを必死にこらえた。

次の朝の下山は、男の四人パーティーと一緒だった。手足が痛んでいたが、それを四人に口にしなかった。

送ってくれた四人と別れた新宿駅から、チュウチャイに電話した。すると彼女は、店を早退《はやび》けしてきてくれた。

彼女の部屋へ行くと横になって、「彼に殺されそうになった」と話した。

チュウチャイは唇を噛んだ。「バカにしたな」と、目を据えた。

ジュンは安達に、チュウチャイのことは話していなかった。だから彼女のアパートが彼に知られることはないと思った。

チュウチャイは、北新宿のマンションへは絶対に近寄るなといった。「死んだふりをしていなさい」といった。

何日かしてチュウチャイは、安達が生還していることを確かめてくると、「いつかきっと痛い目に遭わせてやりたいが、ジュンは安達が憎い？」ときいた。

「殺してやりたい」ジュンは答えた。

「すぐに動いたら、あんたが生きて帰ったことが分かってしまう。何カ月かして、安達があんたのことを忘れたころに、思いきり痛めつけてやる」チュウチャイはそういって、暗い目を光らせた。

今年の四月だった。チュウチャイは男友だちと、そろそろ安達を痛めつけることにしようと、策を練った。男友だちが、安達を事務所から尾行して、文京区大塚のマンションへ入ったのを突きとめた。何日かあと、また安達を尾けると、今度は豊島区要町の住宅に入った。後日調べたところ、要町には妻子が住んでいて、彼は大塚のマンションに別居していることが分かった。それだけでなく、彼は事務所の近くの小料理屋で女性と食事したあと、一緒にホテルに入ったことまで分かった。

その何日かあとである。チュウチャイが持ってきた新聞に、見覚えのある男の写真が載っていた。

チュウチャイに記事を読んでもらうと、写真の男は江崎有二だった。彼は安達と剱岳へ登る途中、岩場から誤って転落して死亡したということだった。

剱岳といえば、ジュンが安達に殺されそうになった山である。もしかしたら江崎は、安達の手によって転落させられたのではないかと想像した。その理由までは想像が及ばなかったが、なんとなくそんな気がした。

ジュンがあとから聞いた話だが、チュウチャイは男友だちと話し合い、安達を困らせる方法として、妻子を立てつづけに襲うことを決めた。それをすることによって、安達は何者かに恨まれていると警察は判断するだろう。彼の友人の江崎が山で死亡したことについても、はたして事故だったのかと、疑いをかけられるのではないか。彼を苦しめるには最高の手段ということになり、その機会を窺った。

最初に安達の娘を標的にした。彼女は夜、学習塾から一人で帰ってきた。暗がりにかかったところを、チュウチャイの男友だちが、襲った。長い布の端に石を包み、それで頭を直撃した。彼女は一発で倒れて苦しんだ。

五日後の夜、今度は娘が入院している病院から帰宅する安達の妻を、べつの男友だちがムエタイの技で襲って倒した。

チュウチャイは次に安達を襲うつもりだったが、きのう、男が、アパートの周辺をうろついているのを、チュウチャイの友だちが目撃した。その男はアパート一階のいちばん奥の部屋のドアに耳を近づけて室内のようすを窺っていた。安達ではなさそうだが、彼の回し者にちがいないと判断した。

友だちは長身の男を尾行した。夜になった。中野駅で電車を降りた男は、住宅街の薄暗い道を歩いた。そこを友だちはムエタイの技で倒した。安達から頼まれてジュンの居所をさぐっている人間なら、怖気《おじけ》づいて手を引くだろうと思った。

ぐずぐずしていると、安達は警戒を強めて襲いにくくなる。そこで今夜、彼を徹底的に打ちのめすことにし、彼の事務所を張り込んでいた――。

「ゆうべ、私に飛びかかったのは、君だろ？」

紫門は、痩せた小柄な男にいった。

男は、卑屈な笑いを浮かべると顔を伏せた。

もう一人の男は、安達の娘と妻を襲ったことを白状した。

「二人は入院するほどの怪我をした。本来なら警察に引き渡すところだが、今回は知らないことにする。……ジュンさんは悔しいだろうが、安達に復讐するなんて考えないことだ。彼は質《たち》が悪すぎた。そういう男だと見抜けなかったあんたは不幸だった。さいわい、山でたいした怪我をせずに帰ってくることができたんだ。それはあんたが丈夫だったことと、強い精神力を持っていたからだ。そのことに感謝して、復讐は諦めなさい。……私は安達に直接会って、あんたを山で殺そうとしたことを糾弾《きゅうだん》するし、ほかにききたいこともある。彼の将来がいままでと同じであるわけはない」

安達に会っての結果については、また話す機会をつくると紫門はいった。

ジュンの大きな瞳は安達との日々を映しているのか、悔しさからか、うるんで光っていた。

紫門は、上市署で撮った赤いジャケットと、それのポケットに入っていた花柄のハンカチとキャンディの写真を彼女の前に置いた。

「わたしのです」

彼女は写真を食い入るように見つめた。

次に彼は、剱沢雪渓で登山パーティーが拾って剱山荘に届けた、ブルーのザックの写真を見せた。

彼女は一目見て、安達が背負っていたものだと答えた。

彼は剱岳周辺の地図をテーブルに広げ、ザックとジャケットが発見された地点を説明した。

安達はジュンを殺すつもりで、一服剱の東側に食い込んでいる武蔵谷《たけぞうたん》を登ろうとしていたのではないか。そこなら登山道ではないから人に会うことがない。彼女を殺しても、遺体は発見されないと踏んでいたのではないか。

4

紫門が安達をつかまえたのは、次の日の午後だった。事務所の裏側の駐車場から出てきたところを、道をふさぐように彼の前へ立った。安達はぎょっとなって、紫門の顔を見上げた。

紫門は名刺を出し、ききたいことがあるといった。

「なんの用か知りませんが、予告もなくこられては困ります」

そういったが、彼は細い目を泳がせた。気弱な表情だった。安達の背は身長一八一センチの紫門より五、六センチは低そうで、スリムだった。ライトブルーのジャケットに白のスポーツシャツを着ていた。

「電話しましたが居留守を使われました。だからこうして待っていたんです。用件は、あなたにとってきわめて重大なことです」

「私にとって、重大……。なんでしょうか？」

「人の生死にかかわる話ですが、ここでよろしければ話します」

安達は周りを見回した。時計をのぞいてから、事務所へ行ってくるが十分ばかり待ってくれないかといった。

紫門は安達事務所のあるビルの前で待った。

安達は、十五分ほどして階段を下りてきた。

「私は忙しい。あなたの話はどのぐらいかかりそうですか？」

歩道に立つと安達はきいた。

「あなた次第です」

「困りましたね。じゃ、そこの料理屋の座敷を借りましょう」

安達は先に立った。

昼食どきを過ぎた料理屋はすいていた。安達はこの店をちょくちょく使うらしく、応対に出た従業員は愛想よく迎えた。

座敷の中央に赤黒く塗ったテーブルが据えられていた。小さな床の間があって、竹筒に白い花が活けられていた。

安達が注文したらしく、お茶と和菓子が運ばれてきた。

「順序立ててお話しします」

紫門はそういって、北新宿の一角にマンションを借りたが、契約書には本名を書かず曾根三樹夫と記入し、住所は藤沢市にした。なぜ偽名や偽の住所を書いたのかときいた。

「妙ないいがかりはやめてください。私はそんなところに、部屋なんか借りた覚えはありません」

安達はテーブルの上に置いた両手を組み合わせた。

「あなたは去年の一月、タイのバンコクから、かねて親しくしていた、愛称ジュンという女性、本名はナタヤという現在二十一歳の人です、……彼女を連れてきて住まわせていました」

紫門は安達の目を見て、彼にかまわず話した。

「私には覚えのないことだといっているじゃありませんか」

「安達さん。隠しても無駄です。私は去年の十月から行方不明になったジュンさんの居所をさがすため、バンコクへも行ってきました。あなたが彼女のいた『白百合』というクラブへ行ったことも確かめてきました。私はあなたの写真を持っています。それを北新宿のマンションの大家さんにも見せ、曾根三樹夫と偽ったのがあなたということを確認していますし、契約書の筆跡があなたのものであることも調べているんです」

「紫門さんは、刑事でもないのに、なぜそんなことまでするんですか？」

「警察官でないと話せないとおっしゃるなら、ここへ呼んでも結構です。刑事がきたら、こんなところでは話せません。せまい取調室で刑事と向かい合うことになるでしょう」

「で、なにをおっしゃりたいんですか？」

「ジュンさんとの交際を認めますか？」

安達は目を伏せると、湯飲みを引き寄せて一口飲んだ。

「女性を一人ぐらい、そっと住まわせておいたって、いいと思いますが」

安達は弱々しくいった。

「そういうことをいっているんじゃありません。あなたは去年の十月五日、曾根三樹夫の名を使って、ジュンさんと一緒に劒沢小屋に泊まった。問題は次の日です。劒岳へ彼女を案内するといって、私の推測では武蔵谷あたりを登ろうとした。あそこは登山道ではない。やがて岩壁にぶつかって、ザイルでも使わないかぎり登ることはできません。そんなところへ、山をまったく知らない彼女を連れていって、なにをしようとしたんですか?」

「径を間違えたんです。彼女には劒岳は無理だろうと思ったから、一服劒に登って、引き返そうとしていたんですが、間違えて劒沢へ入ってしまったんです」

「劒沢小屋から雪渓を横切って、岩石帯を劒山荘へ向かって登る。そこにはケルンもあるし、岩にペンキの印が描かれていて間違えるはずはありません。あなたは劒は初めてではないでしょう。初めての山へ彼女を連れていくわけがない」

「いや、あのときどうかしていた。コースを間違えて、雪渓へ出てしまったんです」

「引き返せばよかったじゃないですか」

「引き返すつもりでした」

「ではなぜ、岩の上でジュンさんを蹴って転落させようとしたんですか?」

「そ、そんなことを、私はしません。あなたは、ジュンに会ったんですか?」

「会いました。そして山中での出来事の一部始終をききました」

「彼女はいまどこにいるんですか?」

「お会いになりたいですか？」

「いや。どうしているのかと思いましたから……」

「お会いになったら、あなたが殺されますよ」

安達は身震いした。

「あなたは武蔵谷で、彼女を殺そうとしましたね？」

「私がそんなことをするわけがない。私は彼女が好きになって、日本へ連れてきたんです。働かせもせず、贅沢な暮らしをさせていたんですよ」

「働かせようとしたじゃありませんか。江崎有二さんに頼んで、歌舞伎町のクラブで働かせようとしたでしょ」

そこまで調べているのかと思ったのか、安達は伏せた顔を動かした。

女性従業員がお茶を注ぎにきた。彼女は安達の横顔をちらっと見て出ていった。

「このジャケットに見覚えがありますね？」

紫門は写真を見せた。

安達は首を傾げただけだった。が、その目にはジャケットが映って真っ赤に見えた。

「ジュンさんが剱へ着ていった物です。あなたが彼女に買い与えた物です。見覚えがないわけがない。武蔵谷で、彼女がこれを着ようとしたところを、あなたは彼女の腰を蹴って突き落とそうとした。そのとき、このジャケットは風にさらわれてしまったんです」

「私が突き落としたんじゃない。彼女が足を滑らせて、落ちていったんです」

「あなたは、ザックを落としましたね？」

「いいえ。ザックを失くしたら、生きてはいられません」

紫門は、ブルーの古いザックの写真を安達に向けた。

安達の目尻が変化した。自分のザックではないといった。

「このザックのポケットには英国製のキャンディが入っていました。ジュンさんの赤いジャケットのポケットにも同じキャンディが入っていました。あなたは彼女を一突きで突き落とすことに失敗し、何回も突いたり蹴ったりしようとした。そのうち、岩場に置いたザックが転がり落ちて雪渓に消えたんです。そうですね？」

安達は苦しげな表情をし、ジュンは岩場を滑り落ちた、付近をさがしたが、発見できなかったと苦しいいい訳をした。

「付近をさがして見つからないほどの距離を転落したら、彼女は生きてはいなかったでしょう。ジュンさんは、あなたに殺されたくなくて逃げたんです。あなたは彼女に殺意を見抜かれた。だからあなたのほうも逃げなくてはならなかった。……その日、ジュンさんがどうしたか知っていますか？」

安達は、首を横に振った。

ジュンは薄いヤッケを着、日没を過ぎて剱御前小屋にたどり着いた。もしも山小屋を見つけることができず、一夜を山中で過ごすことになったら、生きてはいられなかっただろう、と紫門は話した。

「ジュンさんに逃げられ、ご自分のザックを失くしたあなたは、どうしたんですか？」

紫門はきいたが、安達は、ザックを失くしたりはしないといい張り、どうやって下山したのかを話さなかった。

「ザックを失くし、ジュンさんと離ればなれになったあなたは、午後三時前に剱御前小屋に着いた。すると小屋の前にザックが二つ並べて置いてあった。から身で山中を歩いていたら、どうしたのかと登山者に不審な目で見られる。だからあなたは他人のザックを盗むことにした。それを背負って下り、その日のうちに室堂から大町へ出たのでしょう。たぶん大町市内のホテルに泊まり、七日じゅうに帰宅した。そうですね？」

安達は、また首を振った。顔は脂汗で光っている。

「あなたが登山者のザックを盗んだ剱御前小屋に、約三時間後、傷だらけのジュンさんがたどり着いた。山小屋の人たちは、彼女にとても親切にしてくれたということです。彼女は、あなたには殺されたくなかった。その強い意志が、彼女を生還させたんです」

剱御前小屋に一泊して東京に帰ることができたジュンは、それまで住んでいたマンションに帰らなかった。友だちのチュウチャイのもとに身を寄せ、山で自分を殺そうとした安達に報復することを決めたが、そのことに紫門は触れなかった。彼女の復讐に協力した男たちが、安達の妻子を襲ったことも話さなかった。

5

紫門は安達に対する、もう一つの不審に話を進めた。

「あなたは去る五月十二日、江崎さんと剱岳に登るため、剱山荘に泊まられましたね?」

これにはいいかげんな返事はできないと思ってか、安達はうなずいた。

「あなたと江崎さんが、剱山荘の喫茶室でコーヒーを飲もうとしていたところへ、三人パーティーが入ってきた。彼らは剱沢雪渓で『君の古いザックを発見して拾い、それを届けにきた。そのザックを見ると江崎さんは、『おれのザックに似ているじゃないか』といいました。そのときあなたは、『おれのじゃないよ』と返事しましたね?」

「そんなことをいったかな……」

「届けられたザックは紛れもなくあなたのでした。去年の十月六日、ジュンさんを殺害しようとしたさい、誤って岩場から落としてしまったザックだった。それを同行の江崎さんに知られては困るので、つい、『おれのじゃない』なんていう言葉が口を衝いて出てしまったんでしょ」

「たしかにザックが届けられましたが、私のであるわけがない。私は山でザックを失くしたことなんて、ありませんから」

「まあいいでしょう。いずれ誰の物かはっきりしますから。……五月十三日、あなたと江崎さんは、朝六時に剱山荘を出発しています。前剱から一時間登った地点で、江崎さんは平蔵谷側へ転落して亡くなりました。剱山荘を出て約二時間四十分の地点です。江崎さんは登山道から二三メートル転落して、岩棚《テラス》にとまっていました。あの場所から二三メートルも転落したら、江崎さんの姿は見えません。転落の瞬間を目撃したあなたは、すぐに最寄り小屋の剱山荘へ引き返し、救助要請をしなくてはならなかった。すぐに引き返せば午前十時半には剱山荘へ着けます。……ところがあなたが剱山荘へ駆け込んだのは午前十一時半でした。あなたは江崎さんをなんとか助けようとして、現場でうろうろしていたということですが、もしも江崎さんの姿が見えたとしても二三メートルもの距離をフリーで降下することはできません。なぜすぐに山小屋へ通報に走らなかったのかに、私は疑問を持っています」

紫門は、視線をテーブルに落としている安達をにらんでいった。

「紫門さんは、山岳救助隊員として、救助活動のプロでしょうが、親友の遭難に直面したことはないでしょう。だからそんな公式的な質問をなさるんです。……親友が目の前で足を踏みはずして転落した。それを目の当たりにして、はね返るように山小屋へ走れますか。岩にかじりついて、親友の名を呼び、耳を澄まして応答があるかどうかをききます。彼の姿の見えるところがないかと、登山道を行ったりきたりします。そんなことをしているうちに、一時間ぐらいはあっという間です。私は、彼の転落後、どのぐらいたってから山小屋へ走る気になったかは覚えていませんが、しばらくはからだが震え、身動きできず、ただ江崎君を呼んでいました。彼がどうなっているかの判断もつかないのに、事故発生と同時に現場を離れるなんてことは、私にはできませんでした」

理詰めで明快な答えだったが、その話し方は訓練を経てきているようにきこえた

「あなたは、登山道から江崎さんを呼んでいただけでなく、垂直に近い岩壁を、何メートルか降下したのではありませんか？」

「降りることはできないって、紫門さんがいったじゃありませんか」

「私は、フリーでは降下できないといったんです。ザイルを使えば、降りられます」

「ザイルを使えばね。ですが私も江崎君も、登山道を登降する登山でした。残念ながら、岩壁をやる意思はなかったから、そういう用具は携行していませんでした」

安達のその言葉をきいて、しめたと思った。ついに彼は馬脚を現わした。

「あなたは、ザックの中にザイルを収めていたではありませんか」

「持ってなんかいません。岩壁をやる予定もないのに、ザイルなんか……」

「ザックの中の物を出し入れするとき、ザイルの端がのぞいたのを、見ている人たちがいるんです。あなたが江崎さんの救助要請に駆け込んだとき、剱山荘にいた人たちです。その人たちは、あなたに協力して現場へ走った。あなたのザックの口からのぞいたザイルを見て、登山道を登降するのに、なぜザイルを持っているのかと不審に思っています」

「その人たちは、なにかと見間違えたんです」

「複数の目がザイルを見ているんですよ。ザイルを見た人たちは、あなたと江崎さんは、岩壁登攀をしていて、墜落したのかと思ったと話しています」

「なにかの勘違いですよ」

「あなたは、ジュンさんと剱へ登ったときも、二〇メートルのザイルを携行していますが、山行のたびにザイルを背負っていくんですか？」

「そんな物、持っていきません。使いもしないのに、重たいだけです」

そういった安達の声は細かった。

「去年の十月、あなたがジュンさんを案内して剱山行に出掛けたのを、江崎さんは知っていましたか？」

「知らなかったでしょうね」

「あなたが話さなかったんですね?」

「話す必要がなかったからです」

「ジュンさんが急に姿を消した。それについて江崎さんは、不審を抱いていなかったでしょうか?」

「彼とは、そういう話をしたことがありません」

「そんなはずはないでしょう。江崎さんは、ジュンさんの部屋を何回か訪ね、働く意志を確かめています。彼女が行方不明になったあとも、例のマンションの部屋を訪ねていると思います。彼女がいないがどうしたのかと、きかれたことがあったでしょうね?」

「ありません」

安達は憤慨するようにいうと、時計に目を落とし、事務所では来客が待っているはずだからといって、膝を立てかけた。

「もう一つだけきかせてください」

「手短かにお願いします」

「江崎さんは、クサリ場を通過して、数メートル剱岳へ進んだところで転落しましたが、登山道から落ちた瞬間、姿が見えなくなりましたか?」

「そうです。そのことは富山県警の方々に詳しくお話ししています」

「あそこから落ちた場合、ダイレクトに二三メートルの岩棚《テラス》まで墜落することはありません」

「なぜですか？」

安達の顔が険しくなった。

「登山道から約八メートル下に岩棚があります。そこに落ちてとまるか、あるいはそこでバウンドしてから、その下の岩棚へ落ちるはずです。ですから江崎さんが足を踏みはずして転落し、それきり姿が見えなくなったというあなたの話は、信用できません」

「信用しないのは、紫門さんだけです。富山県の山岳警備隊の方々は、私の話に納得していますす。……さっきから私は話を伺いながら、あなたの肚《はら》の中をさぐっていました。いろいろといいがかりをつけているのは、私になにかを出せということでしょ。それをはっきりいってください。他人の女のことまで調べたりして。……山岳救助隊員のやることではない。あなたは個人的に行動しているんでしょう」

「強請《ゆす》りだとおっしゃりたいんですね？」

「それ以外には考えられない」

安達の額が赤くなった。

「そうお思いでしたら、私が所属する豊科署へでも富山県警の上市署にでも問い合わせてください。このジャケットやザックの写真は、私が上市署で撮ったものです。ザックの中身もそうです。このブルーのザックはあなたの物だ。登山中にザックを失くした人が、そのことを届け出ないことに、上市署は不審を抱いています。劒御前小屋の前からザックが盗まれたことについてもです」

安達はまた時計を見て、立ち上がった。いったん赤くなった額が蒼くなっていた。両手が震えている。

八章　八メートルの仕掛け

1

紫門と豊科署の及川は、剱岳へ出掛けた。

紫門のザックの上には、ザイルと白い袋がのっている。江崎有二の遭難地点で、ある実験をするのが目的の山行である。

昨夜、剱山荘に泊まった。二人は午前六時に出発した。一服剱でご来光を迎えたあと、下ってくる人もいたし、その足で剱岳へ登頂する人もいて、昨夜の山荘はかなり混んでいた。六月中旬のご来光は四時三十一分となっている。

快晴とはいえないが、けさはご来光を迎えることができたろうと思われる天候だった。

二人は、目的地点に八時三十分に到着した。予定より十分早かったので、クサリ場を通過したところでザックを下ろし、八時四十分になるのを待った。去る六月一日、紫門は三也子と二人で、剱山荘と現場を往復する所要時間を計る実験をしたが、山小屋を出て二時間四十分で現場に着き、すぐ引き返したところ、十時半に剱山荘に到着できることを確認している。

標高二八〇〇メートルあまりの稜線には冷たい風が吹いていた。

及川がタバコを一本吸いおえた。

紫門が白い布袋から出した物は、身長約一メートルの縫いぐるみ人形である。重量は二五キロある。

「いくぞ」

二人はたがいに声を掛け合った。

及川が人形を登山道から突いて落とした。

足をとめて見ていた四、五人の登山者が、ひやっ、と声を上げた。

人形はどこにも触れず、約八メートル下の岩棚に落ちて、両手両足を広げた。見下ろすと、子供が落下したようで気味が悪かった。

紫門はザイルを岩に確保し、岩棚に降りた。岩棚の幅は最も広いところで一・八メートルあった。真上から墜落した人間がバウンドしたとしても、その下へは絶対に落ちないと思われた。頭から落ちた場合、身長の分だけ倒れるから、岩棚の幅を乗り越えることが考えられるが、上市署の検視記録では、江崎は右全身を打っているとあった。彼はザックを背負っていた。転落のさい、ザックが右側に傾いたため、それの重さで右側を強打したものらしい。彼はこの岩棚で全身を打ったあと、約一五メートル下に突き出している岩棚に落ちていた。

紫門は人形を押して落下させた。岩棚に腹這《はらば》ってみると、人形は約一五メートル下の岩棚でまたも手足を広げていた。

彼はザイルを伸ばし、人形が無惨な恰好をしている岩棚に降り立った。そこの幅は約一・三メートルだった。上部の岩棚よりも幅のせまい棚でとまっているのだから、江崎は最初一・八メートルの棚に横たわっていたはずである。

紫門は人形を背負った。おロクさん（遭難遺体）を背負ったような気分である。

登山道にいる及川に合図を送って、岩壁を垂直に攀じ登った。岩はゴツゴツしていて、手がかりや足がかりがあって、比較的楽に上部の岩棚に登り着くことができた。

上部の岩棚から上は、ひび割れた厚い板にカンナをかけたように平らで、ホールドになるところがなかった。そこを登る途中、ハーケンを二つ発見した。目を近づけると比較的新しいことが分かった。

及川に降りてきてくれと合図した。及川は自分専用のザイルを使って降りてきた。

「新しいな」

ハーケンを見た及川はいった。

「これだな」

紫門はいった。

及川がザイルを摑んだまままうなずいた。

「抜いていこうか?」

及川がいったが、打ち込んであるこのハーケンを富山県警の山岳警備隊員に見せるべきだと紫門はいった。

いったん登山道に戻って、背中の人形を置くと、カメラを持って壁を降り、打ち込まれているハーケンを撮影した。ハーケンはそのままにした。

二人はザイルを回収すると剱山荘へ下った。

上市署の青柳に電話し、実験結果を話した。

青柳は山岳警備隊に連絡すると答えた。

二十分ほどすると、山岳警備隊主任の長谷川から電話が入った。あすの朝、ヘリコプターで現場へ行く。そこであらためて実験結果をききたいというのだった。

翌朝、長谷川は二人の部下とともに、前剱の手前へヘリから降下した。

けさは雲が低かった。灰色の雲に剱岳の黒い岩峰が突き刺さっている。

紫門と及川は、きのう試した実験を富山県警の三人の前で再現した。

人形は同じように、八メートル下の岩棚で手足を広げた。富山県警の二人がザイルを伝って岩棚に降りた。人形を拾うと、登山道へ戻ってきた。岩崖の途中で二つのハーケンを確認してきたのはもちろんである。

「安達がなぜザイルをザックの中に入れていたのかということと、江崎が転落したといって、剱山荘へ救助要請に駆け込んできたのが午前十一時半になったかが分かりました。私の実験では、江崎が転落したのを見て、すぐに引き返せば一時間は早く剱山荘に着くことができます」

紫門は長谷川らに説明した。

「安達は、ザイルを使って、あの岩棚に降りたんだね？」

「ここから突き落としても、八メートル下の岩棚にからんでしまい、死なないかもしれない。そのときは、岩棚へ降りる。そのためにザイルとハーケンが必要だったんです。安達に登山道から突き落とされた江崎は、八メートル下の岩棚にとまった。全身を強打しましたが、死亡にはいたっていなかったと思います。たとえ死亡していたとしても、安達にとっては不安でした。それで彼は江崎が倒れている岩棚へ降り、虫の息の江崎をさらに転がし落としたんです。江崎は約一五メートル落下して、下の岩棚で絶命したんです。安達は、そこまで降りて、死亡を確認する必要はなかったでしょう」

「その作業をしていたために、一時間前に剱山荘に着けるところを、約一時間遅れたんだね」

「安達は、親友が目の前で転落したために、からだが震えて動けなかったとか、どこかに降りられる場所がないかとさがしていたといってます。それは納得できる話ですが、ここに一時間もうろうろしていたというのは不自然です。彼は登山経験を積んだ人間なんですから、非常の場合、すみやかに救助の方法を考えるという心得はあったはずです」

「江崎の遺体を収容したあと、上市署は安達から遭難のもようを詳しくきいているが、彼の辻褄の合う話を信用してしまったということだな。……だけど、なぜ江崎を八メートル下の岩棚につかえるようなところで突き落としたのかな？」

長谷川がいった。

「ここしか適当な場所がないからです。クサリ場なら何十メートルも墜落する個所がありますが、そこではクサリを握っていますから、殺《や》ることができません。クサリ場を通過して、ほっとしたところでは、よく転落事故が起きています。それを安達は知っていたのでしょう。それと、剱岳に近づくと登山者がいる可能性があります」

「人目につかない適当な場所がここしかなかったというわけか。……ところで、安達は親友の江崎をなぜ殺したのかね？」

紫門は、ジュンのことから話さなくてはならなかった。

五人は剱山荘へ下ることにした。紫門は実験に使った縫いぐるみ人形を布袋に入れ、ザイルと一緒にザックの上に結わえつけた。

白いガスが平蔵谷や武蔵谷を這い昇りはじめた。剱はやがて深い霧に包み込まれる気配になった。

2

去年の夏、安達は江崎に、ジュンを働かせる方法を相談したにちがいない。安達がタイから彼女を連れてきたのは、彼女を近くに置きたいという純粋の愛があったからだろう。だが月日を経るうち彼女に対して飽きが生じた。言葉の壁もあって、意思が充分に伝え合えないことも要因の一つではなかったか。

安達は彼女を働かせることで精神的に身軽になりたかった。

彼から相談を受けた江崎は、ジュンの写真を見たり直接会って、「これは金になる」と踏んだような気がする。

かつての水商売時代の仲間を通じて、彼女の歌舞伎町のクラブへの売り込みをはかった。結果的にはこの活動は失敗に終わった。ジュンには働く気がなかったからだ。

彼女は、クラブで働くことによって、安達との間に溝が生じる怖れを感じたようだ。

江崎は、安達が彼女を手放したがっている肚の中を読んだ。働くことを拒んだ彼女を安達がどう処分するかを、じっと観察していたのではないか。

十一月初旬。ジュンが、住んでいたマンションから姿を消したのを知った。その直前、安達が山へ登ったのも知っていた。もしかしたら安達は、高い山になど登ったことのないジュンを山行に誘い出し、山中で径に迷わせるか、登山者の寄りつかない断崖から突き落とすかして、殺したのではないかと推測した。「ジュンはどうした?」と安達にきいたこともあったろう。その質問に安達は、「彼女は帰国した」と答えたかもしれない。

しかし彼女が住んでいた部屋はそのままになっているし、安達の答え方も歯切れ悪かった。たぶん安達は、江崎に会ってもジュンのことにはできるだけ触れないようにしていただろう。

その態度を観察していて江崎は、安達に対してますます疑惑を深めた。

雪解けの五月がやってきた。江崎は例年どおり山へ登ろうと安達を誘った。江崎は、去年の十月、安達が立てつづけに二回剱に登っていたのを知っていたかもしれない。それを江崎に話さなかったことから、「剱でなにかをやった」と、江崎は疑いを抱いた。それで江崎は、剱へ登ろうと安達を誘った。安達にとっては剱にだけは登りたくなかったが、断われなかった。

そのころから安達は、江崎を疎《うと》ましい存在とみるようになっていた。いや、危険な男とみていたのではないか。安達がジュンを剱へ案内して、山中で「処分」したのを知っているから、山行地に剱を選んだと安達が解釈したとも考えられる。

それまで二人は親友の仲だったが、江崎のほうは経済的に逼迫している。弱味を摑まれたら、「金を貸してくれ」といって強請りそうだ。それだけではない。ジャーナリズムから注目を浴びたくて焦っている男だ。「タイ人の女性が山中で行方不明になっている。その女性は日本人の愛人だった」などと、どこかの雑誌に書きそうな気もする。

安達にはべつの疑惑が生まれた。ひょっとしたらジュンは、剱で誰かに助けられて下山した。東京へ帰ると住んでいたマンションに寄りつかず、江崎に一部始終を話し、彼の手を借りてどこかに隠れているのではないか。やがて姿を現わしたときは、殺人未遂で告発するか、告発しないかわりに大金を出せと要求するのではないか。安達の妄想は積乱雲のごとく盛り上がった。

その妄想を消す方法は、江崎をこの世から抹殺することだった。二人山行だから、岩場で誤って転落したといって、堂々と申告し、警察を納得させればよい。

岩場で突き落としても、何十メートルも墜落して即死するとはかぎらない。そういう危険地帯にはクサリなどが設置され、事故が発生しないような策が講じられている。

そういう場所で転落させるには、両手を強打するか、叩き切るしかない。そんなことをしたら、検視の段階で怪しまれる。

安達は、ジュンを武蔵谷で突き落とす計画で登ったときも、ザイルを用意していった。もし彼女が途中の岩にからんでしまい、生きていた場合、そこへ降りて、さらに転落させる。それにはザイルが不可欠だ。人の目のない山中で、相手が死んでしまえば、なんとでもいい訳はできるのだ――。

「安達が江崎を殺害したという確信はあるか?」

長谷川は紫門の目の奥をにらんだ。

「あります。安達は、ジュンを武蔵谷で殺そうとした男です。そのさい、彼は彼女を殺すことに気を取られ、ザックを落としてしまったんです。それが雪渓で拾われたブルーの古いザックです。彼は私が示したザックの写真を見て、自分はザックを失くしたりはしていないといい張っていますが、その前にジュンが、写真のザックは安達のものに間違いないと証言しています」

「よし。上市署に連絡する」

長谷川は電話を掛けるため椅子を立った。

五日後、紫門は豊科署で、上市署の刑事から電話を受けた。

剱山荘にいる長谷川から連絡を受けた上市署の刑事課は、江崎有二の遭難記録と、紫門の推理と実験結果を討議した。江崎の転落に関する安達圭介の供述には疑う余地はなかったが、紫門の推理を当てはめてみた。すると、江崎が登山道からみて二番目の岩棚で死んでいたこと、安達がザイルをザックに入れていたこと、江崎の転落地点の岩壁にハーケンが二つ打ち込んであったこと、剱山荘へ安達が救助要請に駆け込んだのが約一時間遅かったこと、など総合すると、安達の供述よりも、紫門の推論のほうが現場の状況に即しているということになった。

刑事は上京した。ジュンに会って詳しく話をきいた。彼女は、安達に蹴られて突き落とされそうになった場所の地形を説明した。赤いジャケットが風にさらわれたことも、安達がザックを谷に落としたことも話した。

刑事は、文京区本郷の事務所の近くの料理屋で、若い女性と会っていた安達に同行を求めて上市署へ帰った。

刑事に追及され、ジュンを殺害する目的で剱へ連れていったが、彼女に身を躱《かわ》され、突き落とすのに失敗したことは認めた。そのさい、自分のザックを谷に落としてしまった。から身で下ったが、人目が気になってしかたなかった。剱御前小屋へ入り、一泊しようとしたのだが、小屋の前にあったザックを見て気が変わった。他人のザックを背負って去っても、ザックの持ち主以外にはとがめられることはないと思い、二つ並んでいたうちの一つを背負って、その日のうちに大町まで逃げたことも自供した。

――ジュンは彼の殺意を感じ取って逃げたが、怪我を負っているだろうし、ジャケットを風に飛ばされてしまったのだから、寒さに耐えきれずに倒れたにちがいないと思った。

東京へ帰ってから毎日、新聞を注意して読んだが、剱岳周辺で女性が遺体で発見されたという記事は載らなかった。

彼女が住んでいたマンションへは、毎日何度か電話してみた。夜間、そっと部屋を見に行った。彼女が帰ってきた痕跡はない。そこで、登山者の入り込まないところで死んでいるにちがいないと思った。

それでも安心できなくて、一週間後、剱へ出掛けた。ジュンを突き落とそうとした武蔵谷に入った。一週間のあいだに、岩山は白さを増していた。二日間、彼女の痕跡をさがしたが、なにひとつ発見することはできなかった。

死んでいるだろうと思う一方、生還した彼女はマンションに戻らず、同胞のところにでも身を寄せているのではないかという不安があった。

彼女が住んでいた部屋はそのままにし、いまでも住んでいるように見せかけるため、家賃は振り込んでいた。四、五日おきには訪ね、メールボックスやドアポストに差し込まれている広告類などを抜き取った。

去る六月四日と九日、彼と別居中の娘と妻が相次いで暴漢に襲われた。ある新聞には、二つの事件現場近くで、背のすらりとした美少女が通行人に目撃されているという記事が載っていた。事件直前、それと、妻の襲われ方が、タイ式キックボクシングの技に似ているように思われた。通行人の目にとまった美少女というのは、ジュンのことではないか。彼女は生きていて、復讐の行動をとりはじめたのではないかと背筋に寒さを覚えた。

ジュンが通っていた外国語スクールへ行き、彼女の消息を尋ねた。だが、彼女は去年の十月以降、無断欠席をつづけているということだけしか分からなかった――。

刑事は、ジュンを殺そうとした動機をきいた。

安達はこう供述した。

――バンコクへたびたび行くようになったのは、ジュンに会うためだった。彼女は彼に会うたびに、「いまの仕事、やめたい」といった。売春のことだった。

彼も彼女に、売春をやめさせたかった。それには日本へ連れてくることだと思った。そうすれば毎日のように会える。

日本へ行く気はあるかときくと、ジュンは、「あなたと会っていられるなら、行きたい」といった。

彼はマンションの一室に彼女を住まわせることにし、迎えに行った。

彼が彼女の部屋を訪ねるたび、彼女は、一時間でも長く一緒にいてといって、彼を放そうとしなかった。ときには、「あなたの子供、産みたい」とまでいった。

彼は彼女を連れて歩くことに抵抗を感じた。十代にしか見えない彼女は、どこでも注目を浴びた。彼との年齢の差は歴然で、このことについても好奇の視線が飛んできた。

彼女は真剣に日本語を覚えようとしていたが、それ以外には趣味がなかった。ひたすら彼のくるのを部屋で待ち、彼と一時間でも長く一緒にいることを望むだけだった。たまには料理を作ってみようという意思もないようだった。

彼にとって、これは単調でありすぎた。

彼は、妻に飽きて別居したのだったが、ジュンにはもっと早く飽きがきた。そのころ、取引先の建設会社に勤務している二十代の女性と関係を結んだ。

肉体はジュンのほうに若さがあり、美しくもあった。だがジュンとのあいだには緊張感が失われていた。そもそもはっきりした目的で求めた女性だったからか、からだの行為が浮薄で空虚だった。新しい恋人は、怖《お》ずおずとして罪悪意識を持って臨むのだった。

彼は新しい恋人と毎夜会いたかったが、彼女は両親と同居しているという事情があった。

ジュンとはいつでも会えたが、「離れないで」「棄てないで」と、会うたびにしがみつかれていると、うっとうしくなった。

彼女は働くことを拒んだ。ましてやクラブで働いたら、彼との間に距離ができ、やがて破局へとつながると考えているらしかった。

彼は、ジュンがいるかぎり、新しい恋愛にのめり込むことができないと思った。新しい恋人との仲は希薄のままで、前進がないような気がした。

ジュンは、別れないし、帰国しない。彼は、別れてくれといいだせない。彼にとって最も都合のよいことは、彼女がこの世から消えることだった――。

3

次に刑事は、江崎有二殺害について追及したが、安達は、彼は誤って転落したのだといい張った。そこで、紫門が見破ったザイル携行の理由を問いつめた。登山道から転落したら、間違いなく八メートル下の岩棚に落下し、その下にまで落ちることはありえないと詰め寄った。

しかし安達は、事故を主張しつづけた。

そこで刑事はけさ、江崎が転落した現場で、実際の人間に模した人形を使って実験するが、それに立ち会えといったところ、がくりと頭を垂れたという。

殺害動機は、紫門の推測どおりだった。

——江崎はジュンがいないことを不審に思っていた。「たぶん山で処分したんだろうが、おれと君の間柄だ。おたがい困ったときに助け合うという意味で、おれは彼女のことを探ってみたりはしないから、安心しなよ」といったことがあった。

しかし油断はできなかった。なにしろ去年の夏、「ジュンがいささかうっとうしくなった。君の知り合いで、ジュンを使うクラブはないか？」ときいただけなのに、江崎は彼女の写真を見たあと、彼女をじかに見たいといった。そこで彼を彼女の部屋へ案内した。彼女をじかに見た江崎は、五百万円であるクラブに斡旋しようとした男なのだ。

江崎は売れているとは思えないフリーライターであり、定収入がない。もしも病気したり怪我をして働けないときがきたら、金をせびりにくることは火を見るよりも明らかだ。それを断わったら、ジュンの一件を持ちだすだろう。「ある雑誌から、山で起きた面白い話を書かないかと持ちかけられている」などと切りだしそうな気がした。

剱山行は江崎のほうから持ちかけてきた。剱ときいた瞬間、脅しのジャブを仕掛けてきたなと思った。

だが安達は、べつの山にしようとはいえなかった。「なぜ剱がダメなんだ？」といわれたら返答ができない。

五月十二日、安達と江崎は剱山荘に泊まることにした。喫茶室でコーヒーを頼んでいると、そこへ男の三人パーティーが入ってきた。彼らは剱沢雪渓で拾ったといってザックを提げていた。それを見た瞬間、安達は心臓が破裂するかと思った。去年の十月六日、武蔵谷の岩場でジュンを殺そうとしたとき、誤って谷に落としてしまった自分のザックだったからだ。ジュンに逃げられたあと、ザックをさがしたのだが見つけることができなかった。こともあろうにそのザックが届けられた。三人パーティーは、安達の物と知って持ってきたような気さえした。

ザックを見た江崎は、「君の古いザックに似ているじゃないか」といった。

安達は即座に否定した。だが江崎は、持ち主の分かる物は入っていないかと、山小屋の主人が検べはじめたザックの中身を、身を乗り出して見ていた。持ち主の分かる物は入れていない自信はあったが、冷や汗が首筋を流れた。

もしも江崎が、安達のザックだと知ったら、紛失した直後、なぜ届け出なかったのかときくだろうし、いつ失くしたのかときくだろう。

ザックの中身を見ていた江崎は、安達の物にちがいないと感じ取ったようでもあった。安達にしてみれば、敵に有力な武器を与えてしまったも同然だった。

安達は、江崎を転落させて殺すつもりでやってはきたが、その意思が萎《な》えないともかぎらなかった。しかし、ブルーの古いザックが拾われて届けられた以上、なにがなんでも江崎を消さないわけにはいかなくなった――。

「ザイルを携行する登山者はたまにいますが、紫門さんは事件現場となった岩棚を見て、安達が持っていたザイルとの関係と、彼が救助要請にきた時間の遅さに疑問を持たれましたね。そこに気づかなかったら、江崎さんは遭難事故ということで、人の記憶からも消えてしまうところでした」

刑事はいった。

「劔山荘の主人が、ブルーの古いザックの話をしてくれなかったら、私たちは長谷川主任の指揮下で救助訓練をしただけでした。ザックの話をきいたため、訓練を雪渓の捜索に変更しました。そうしたら……」

「女性用の赤いジャケットを発見したのでしたね」

「もしもジャケットが発見されていなかったら、私はタイまで行って、ジュンさんの消息をさぐったかどうか……」

刑事は、またあらためて連絡するといって電話を切った。

「富山県警刑事部は、紫門君を採用したいといってくるかもしれないな」

小室主任はくわえタバコでいった。

富山県警本部から豊科署にいる紫門に電話が入ったのは、その二週間後だった。

「そら、おれのいったとおりだ」

小室はいったが、連絡の内容は、紫門の功績を表彰したいから、県警本部まできてくれないかというものだった。

紫門は快諾した。

「表彰がすんだあと、本部長が、『ところで紫門君……』と、おれがいったと同じことを切りだすだろうな」

小室はまたいって、タバコの灰を胸にこぼした。

きょうはもう一本、思いがけない人から電話があった。ジュンだった。

「わたし、帰ります、タイへ」

彼女の日本語はたどたどしかった。

「そうか、帰国するのか。いつ？」

「あした、次の日、朝です」

明後日の朝ということだ。

彼女が警視庁の所轄署で、安達枝里子とのぞみ母子襲撃について、事情聴取を受けていたことはきいていた。だが、襲撃は、彼女が友人に依頼したのではなく、日ごろ日本人に反感を抱いていた友人たちが、積極的に母娘を襲ったものということになり、彼女への取り調べは事情聴取だけで放免されたのだった。

紫門は彼女の帰国を見送りにいった。

「ありがとう、ありがとう。わたし、あなたに、会いたい」

紫門は三也子に、明後日の朝、ジュンを成田空港で見送ることを電話で伝え、「民宿」には、あすの晩泊まることを告げた。

「きょう、あなたのご実家から、またお魚が送られてきたのよ。たったいま、お母さまにお礼の手紙を書いたところなの」

彰子は眠くなりそうなほどおっとりした話し方をした。

ジュンが帰国する成田空港第二ターミナル三階のGカウンター前には、チュウチャイがいた。ソムサクがいた。

搭乗手続きを終えたジュンがやってきた。

「紫門さん……」

彼女は彼の前に立つと涙ぐんだ。オレンジ色のシャツに薄茶色のGパンに白いスニーカーを履いていた。

パタヤにいる姉のユウに、電話で近況を伝えたら、早く帰ってくるようにと、強くいわれたという。

四人で、立ったままハンバーガーを食べた。周りにいる人たちが、目の大きい人形のような顔のジュンを見ていたが、彼女は急に肩を震わせて泣きだした。チュウチャイがジュンの背中に腕を回した。

ジュンは、友人との別れが辛くて泣いているのだろうが、紫門の目には、男に踏みにじられた悔しさと、雲烟《うんえん》の前途を思って涙をこぼしているように映った。

彼女には涙は似合わない。いつでも頬笑みを浮かべた美少女の風情《ふぜい》を持ちつづけていてほしい、と彼は希《ねが》った。

本書は二〇〇一年七月に光文社より刊行された『殺人山行　劔岳』を改題し、大幅に加筆・修正しました。

なお本作品はフィクションであり、実在の個人・団体などとは一切関係がありません。

文芸社文庫

剱岳《つるぎだけ》 殺人山行

二〇一五年十月十五日　初版第一刷発行

著　者　梓林太郎
発行者　瓜谷綱延
発行所　株式会社　文芸社
〒一六〇－〇〇二二
東京都新宿区新宿一－一〇－一
電話　〇三－五三六九－三〇六〇（編集）
〇三－五三六九－二二九九（販売）
印刷所　図書印刷株式会社
装幀者　三村淳

ISBN978-4-286-17033-6

［文芸社文庫　既刊本］

火の姫　茶々と信長
秋山香乃

兄・織田信長の命をうけ、浅井長政に嫁いだ於市は於茶々、於初、於江をもうけるが、やがて信長に滅ぼされる。於茶々たち親娘の命運は——？

火の姫　茶々と秀吉
秋山香乃

本能寺の変後、信長の家臣の羽柴秀吉が後継者となり、天下人となった。於市の死後、ひとり残された於茶々は、秀吉の側室に。後の淀殿であった。

火の姫　茶々と家康
秋山香乃

太閤死して、ひとり巨魁・徳川家康と対決する於茶々。母として女として政治家として、豊臣家を守り、火焔の大坂城で奮迅の戦いをつらぬく！

それからの三国志　上　烈風の巻
内田重久

稀代の軍師・孔明が五丈原で没したあと、三国志は新たなステージへ突入する。三国統一までのその後のヒーローたちを描いた感動の歴史大河！

それからの三国志　下　陽炎の巻
内田重久

孔明の遺志を継ぐ蜀の姜維と、魏を掌握する司馬一族の死闘の結末は？　覇権を握り三国を統一するのは誰なのか⁉　ファン必読の三国志完結編！

［文芸社文庫　既刊本］

トンデモ日本史の真相　史跡お宝編
原田　実

日本史上の奇説・珍説・異端とされる説を徹底検証！　文庫化にあたり、お江をめぐる奇説を含む2項目を追加。墨俣一夜城／ペトログラフ、他

トンデモ日本史の真相　人物伝承編
原田　実

日本史上でまことしやかに語られてきた奇説・珍説・伝承等を徹底検証！　文庫化にあたり、「福澤諭吉は侵略主義者だった？」を追加（解説・芦辺拓）。

戦国の世を生きた七人の女
由良弥生

「お家」のために犠牲となり、人質や政治上の駆け引きの道具にされた乱世の妻妾。悲しみに耐え、懸命に生き抜いた「江姫」らの姿を描く。

江戸暗殺史
森川哲郎

徳川家康の毒殺多用説から、坂本竜馬暗殺事件の謎まで、権力争いによる謀略、暗殺事件の数々。闇へと葬り去られた歴史の真相に迫る。

幕府検死官　玄庵　血闘
加野厚志

慈姑頭に仕込杖、無外流抜刀術の遣い手は、人を救う蘭医にして人斬り。南町奉行所付の「検死官」が、連続女殺しの下手人を追い、お江戸を走る！